LES PETITES ÉTOILES

Illustration de couverture : © Eldar Nurkovic/Shutterstock
Création graphique : Créa 30

ALEXANDRA MARY

LES PETITES ÉTOILES

roman

VOS AVIS…

« Une histoire qui nous parle à toutes. »

« Un concentré d'émotions. »

« Une jeune femme combative. »

« Des choix auxquels nous sommes confrontés sans cesse. »

Aux amours de ma vie.

1

« Madame, vous êtes totalement inconsciente ! Je ne sais pas comment vous avez pu en arriver à ce stade ! »

Ces mots terribles résonnent en moi. Je me mets à trembler de froid, de douleur ou de peur, je ne sais pas. Des perles coulent le long de mon front, mon cœur se serre, comme pris dans un étau, comme lorsqu'on éprouve de terribles remords et qu'on ne peut revenir en arrière. Cette phrase ne quittera plus jamais mon esprit, mon âme, au point de faire naître un sentiment de culpabilité obsédant. S'il arrive un quelconque malheur, ce sera entièrement ma faute. Voilà ce que je pense. La bulle de joie et de bonheur qui était la mienne depuis quelques mois éclate d'un coup pour laisser place à un grand trou noir. La gorge nouée, je ne parviens même pas à formuler oralement les multiples questions qui se bousculent dans mon cerveau. Qu'aurais-je dû faire ou ne pas faire ? Quand ? Comment ? Quoi ? Mon Dieu, que veut dire cette femme ? Quelle erreur ai-je commise ? Qu'est-ce qui m'attend ? J'ai l'impression d'être au bord d'un précipice.

Deux heures plus tôt, Stella sonnait à l'interphone en bas de chez moi. De passage à Paris pour son travail, elle venait dîner. J'habite un super petit appart avec vue sur les toits de Paris. Immeuble pierre de taille, sixième étage, ascenseur, et cerise sur le gâteau, on voit le haut de la tour Eiffel des fenêtres du salon ! Chose totalement inattendue quand j'avais visité l'appartement, puisque l'annonce n'en disait pas un mot.

J'entendis l'ascenseur s'arrêter et sortis accueillir ma meilleure amie sur le palier, tout en prenant mon temps. Elle débarqua telle une furie, prétextant à voix haute, très haute, que je lui avais manqué et que j'avais changé. Nous ne nous étions pas vues depuis un mois seulement. Mais Stella m'observait, tout en gesticulant autour de moi, et d'après elle, je m'étais encore arrondie. Il est vrai que, dans ma salopette pour baleine échouée, à côté de son mètre soixante-quinze, sa crinière de rêve, ses yeux de jade et sa poitrine généreuse qu'elle ne cachait presque pas, je ne devais pas tenir la comparaison. Je la tirai dans l'appartement. Les voisins n'avaient pas besoin d'entendre notre conversation.

Stella posa ses affaires. Un peu essoufflée des quelques pas que je venais de faire, je m'affalai sur le sofa entre mon tas de livres, mes bouteilles d'eau et la télécommande. Depuis des semaines, regarder la télé, lire, et passer des coups de fil était devenu mes seules activités. Je m'ennuyais à longueur de journée. Je me sentais inutile. Le travail me manquait, les heures passées au bureau à préparer les dossiers, les projets de loi, les amendements. J'adorais le stress que cela engendrait, cette montée d'adrénaline juste avant les débats, l'effervescence autour du ministre, les tractations avec les parlementaires. Ce relationnel avec les élus et même mes collègues. Stella tiquait sur ce dernier point, car pour elle les collègues m'avaient trahie, ils avaient profité de mon absence, due à ma grossesse, pour me piquer les dossiers sur lesquels j'avais travaillé d'arrache-pied et en recevoir les lauriers à ma place.

— Le milieu politique est sans pitié, quand on est une femme, il faut en faire dix fois plus qu'un homme pour montrer de quoi on est capable. Ce n'est pas admissible. Et en plus, sous prétexte qu'il y a une différence physiologique entre hommes et femmes – oui, nous portons la vie –, on nous sacrifie sur l'autel de l'égalité. Je ne suis pas d'accord, la maternité n'altère en rien nos compétences ! J'avais, j'ai et j'aurai ma place en politique.

— Tu as tout mon soutien ! rugit Stella en se levant, prête à bondir pour défendre nos droits. Certaines ont abandonné malgré de grandes études. Pas toi, pas nous. On résiste et on résistera. Souviens-toi, à nos débuts, de notre passage au Parlement européen. On les avait bien mouchés, tous ces technocrates machistes qui nous avaient prises pour des écervelées.

Dix ans que je la connaissais, et Stella n'avait pas changé, une fille pétillante, indépendante, libre, qui ne se laisse pas marcher sur les pieds. Je l'avais rencontrée lors d'un stage en politique, à Bruxelles. Elle m'avait tout de suite accueillie avec sa tchatche, son sourire et sa bonne humeur. On s'était immédiatement bien entendues. Sous ses airs de grande folle insouciante et légère, elle savait se concentrer et travailler. J'avais pu compter sur elle pendant le stage, et à nous deux, on avait marqué les esprits au Parlement européen. Embauchées par un secrétaire général plus attiré par notre physique que nos compétences, on avait été reléguées au local de la photocopieuse. Autant dire que ni Stella ni moi n'avions pris à cœur cette grande responsabilité. Déçues et abattues dans un premier temps, on s'était relevées en élaborant un plan de bataille qui tenait en un mot : une étude. Réaliser une comparaison des relations entre les parlements nationaux et le Parlement européen. À la fin du mois, le responsable, découvrant notre travail, était resté sans voix, puis à la lecture, contre toute attente, avait décidé de le publier. Les petites stagiaires avaient explosé le plafond de verre et décroché le Graal. Voilà comment toutes les deux, nous avions pris goût au défi dans un milieu professionnel qui ne laissait pas beaucoup de place aux femmes. Stella avait ensuite persévéré en politique internationale et s'était installée à New York. Moi, j'étais restée en France.

Comme à son habitude, mon amie regardait tout, se levait, se rasseyait, allait dans la chambre, dans la cuisine, revenait. En quelques minutes, j'avais déjà le tournis.

Tout à coup, je ressentis une petite douleur au niveau du ventre et je préférai me lever. J'avais tellement l'habitude de ces crampes, que j'allai prendre mécaniquement un cachet à la cuisine. Stella, qui avait remarqué mon petit manège, m'ordonna d'aller m'allonger. En temps habituel, je n'en aurais fait qu'à ma tête, mais là, je savais qu'il fallait faire attention. Je laissai donc Stella tout prendre en main. Elle mit le couvert pour deux. Quelques minutes après, cela allait déjà mieux. J'étais soulagée et je me relevai pour aller m'asseoir à table. Voyant Stella porter le plat tel un serveur professionnel, en prenant des risques et en le tenant d'une main, avec un bras replié derrière elle, j'applaudis. Je commençais à la féliciter, mais ma voix se crispa soudainement. Stella posa le plat en vitesse sur la table et me demanda ce qu'il se passait, en se penchant vers moi. J'avais mal. Très mal. Comme si je recevais des coups de poignard.

Je ressentis une douleur qui me transperçait le corps à me faire monter les larmes aux yeux. Un frisson me parcourut, et je me mis debout. Je voulus m'asseoir sur le canapé, mais je ne réussis pas, je ne pouvais plus plier les genoux. Je n'avais jamais éprouvé une telle souffrance auparavant. Stella me prit par les épaules pour me tenir. On attendit quelques secondes, puis quelques minutes, que le supplice passe, mais en vain. C'était atroce. Je n'en pouvais plus. Stella eut l'idée d'appeler mon médecin. Elle me la passa, et je parvins avec difficulté à lui expliquer ce qu'il m'arrivait.

Je ne m'attendais pas du tout à sa réponse. Elle me conseilla de partir immédiatement consulter à Sainte-Victoire afin de faire un bilan médical. Je lui demandai si cela lui semblait grave, mais elle me répondit qu'elle n'en avait aucune idée et que j'en saurais plus à la clinique. Je raccrochai et regardai ma meilleure amie, qui avait tout entendu. Son visage d'habitude si gai et si rayonnant s'était fermé. Elle appela un taxi. Je lui proposai de profiter de sa soirée parisienne, tandis que je me rendrais seule à la maternité. Elle refusait de me laisser tomber en un pareil moment.

Je n'insistai pas plus, la connaissant, je savais qu'elle n'allait pas lâcher le morceau aussi facilement. Je n'étais pas en état de contester. En réalité, je savais que sa présence serait réconfortante. Stella me prit dans ses bras et m'assura que tout se passerait bien. Je ne pouvais pas voir son regard. Était-elle si sereine ? J'en doutais.

Le taxi nous attendait déjà lorsque nous sortîmes de l'immeuble, et je réussis tant bien que mal à m'asseoir sur la banquette arrière. Stella s'installa à côté de moi. Je lui indiquai d'une voix faible que je ne souhaitais prévenir personne avant d'en savoir plus.

Malgré tous ses efforts pour paraître rassurante, Stella n'en menait pas large. Pour une fois, elle n'en rajoutait pas. Elle m'observait comme si elle cherchait à voir un quelconque signe d'amélioration. Je fuis son regard et me tournai vers la vitre, de peur de craquer. Alternant ma posture sur chacune de mes cuisses, je ne dis plus un mot. Je n'en avais plus la force physique. La douleur continuait de m'envahir. Elle me coupait la parole et le souffle.

Le trajet jusqu'à la clinique dura une éternité. Je me posais mille questions. En avais-je trop fait en allant à pied au laboratoire d'analyses ou en préparant le repas de ce soir ? Avais-je soulevé quelque chose de trop lourd ? Fait un faux mouvement ? Mal dormi ? Je sentais monter l'angoisse sans pouvoir la contrôler. J'avais peur.

On arriva à la clinique. Stella m'aida à m'extraire de la voiture. Le hall d'accueil était agréable, tout orangé, avec un grand arbre plein de ramifications contenant des multitudes de prénoms d'enfants. On nous dit d'aller au sous-sol, au niveau des urgences. On prit l'ascenseur. Les portes battantes qui permettaient d'accéder au service étaient fermées. Stella sonna à l'interphone, et on attendit de longues minutes avant qu'une infirmière ne vienne. Il n'y avait personne d'autre. Fallait-il bien se rendre là ? Je n'avais jamais vu ce service. D'ailleurs, je n'avais pas encore eu mon rendez-vous de présentation de la clinique ni même mon rendez-vous d'anesthésiste. Je ne connaissais que très peu le lieu, si ce n'était le bureau des inscriptions. Je paniquais de plus en plus. Que pouvait-il arriver à ce stade ? Pourquoi le docteur m'avait-elle dit d'aller aux urgences ? Pourquoi ne pas juste prendre un autre médicament et m'allonger ? Qu'allait-on bien pouvoir contrôler ? Ma détresse était visible. Je tordais mes mains dans tous les sens, je transpirais, je me mordillais les lèvres. Stella essaya de me calmer. J'avais l'impression qu'elle savait ce que je ressentais. C'était curieux. Mais je ne voulais plus rien entendre, le bruit, les paroles, les encouragements devenaient insupportables. Elle respecta mon injonction et ne dit plus rien. Je lâchai sa main, que je tenais depuis notre arrivée et que j'avais broyée presque jusqu'à l'os. Debout à côté de moi, elle resta stoïque. Elle ne savait plus quoi dire ni quoi faire. Elle, d'ordinaire si pétillante, avait perdu son entrain et sa gouaille que j'appréciais tant. Ma Stella, mon amie, était comme anéantie. Par la situation et par mon attitude. Je l'avais blessée et je le savais, mais cela avait été plus fort que moi, je n'avais pas réussi à me contenir. Je m'excusai platement et repris sa main. Elle m'avait déjà pardonnée et me répondit que c'était normal que je réagisse ainsi parce que je souffrais. Mais non, rien n'était normal.

Je voulus m'asseoir. Je me tordais trop pour y parvenir. Mon ventre était aussi lourd qu'une enclume. Je me balançais sur chacune de mes jambes tour à tour, rien n'y faisait. Je ne trouvais même plus la force de relever mes yeux, ils restaient bloqués sur mon ventre, qu'une main soutenait. Je restais là, debout contre le mur qui m'empêchait de m'effondrer. Soulagement ! Les portes battantes s'ouvrirent enfin, et j'avançai, chancelante, soutenue par Stella.

Une infirmière en uniforme vert pomme nous accueillit et nous entraîna dans un couloir où se trouvaient différentes salles. Elle me réclama mon dossier, mais en voyant ma mine déconfite, elle comprit rapidement. En partant de chez moi, je n'avais rien pris, ni mes papiers administratifs ni mes différents examens médicaux. Elle me fit la leçon puis me demanda mon nom. Elle me guida vers une salle pleine de casiers, me tendit une blouse et me planta là en m'ordonnant de la revêtir. Évidemment, il m'était difficile de rester debout et de bouger dans tous les sens pour essayer de l'enfiler. Heureusement, une de ses collègues de passage dans la salle s'arrêta pour m'aider. Pendant ce temps, à l'extérieur, j'entendais Stella. « Depuis combien de temps a-t-elle mal au ventre ? Que s'est-il passé de particulier ? » L'infirmière essayait d'en apprendre davantage, mais mon amie n'en savait fichtrement rien, tout comme moi. C'était tellement soudain ! Je sortis de la salle en titubant. L'infirmière, voyant mon désarroi, apporta immédiatement un brancard. Enfin je pus m'allonger. Elle me conduisit vers une autre salle dite « de travail », c'est ce qui était écrit sur la porte. Tout était blanc, d'un blanc médical. On sentait une forte odeur iodée, de Bétadine, certainement. Il y avait une table d'examen au milieu, avec des monitorings tout autour, deux chariots roulants et du matériel. Elle ordonna à Stella d'attendre à l'extérieur. Je sentis les larmes à nouveau envahir mes yeux et troubler ma vision, je les chassais rapidement avec les mains. Mon amie se pencha une dernière fois vers moi pour m'embrasser et me chuchoter de tenir bon. Puis on poussa mon brancard dans cette fameuse salle.

Une autre infirmière prit le relais, et me voici à présent entre ses mains. Son visage restera à jamais gravé dans ma mémoire ainsi que son prénom, peu commun, Eugénie… Ses cheveux noirs sont joliment tressés, elle est très grande, a le port altier. Elle ne m'accorde aucun mot, aucun regard, aucune attention, aucun geste de soutien. Ses lèvres rouges sont comme soudées ensemble. Elle est froide. Elle est là pour le médical, pas pour le psychologique. C'est certainement une bonne professionnelle. Connaît-elle mon nom ? J'en doute, je suis sa xième patiente de la journée. Peu importe qui je suis. De toute façon, je suis de passage. Elle me somme de mettre les jambes sur les étriers pour m'examiner. Qu'entend-t-elle par m'examiner ? Je ne sais pas. Je n'ose pas demander. Elle met des gants, et je vois une main se poser sur mon ventre et l'autre s'enfoncer en moi. Je gémis. Elle va finir par ouvrir le col tellement elle me fait mal. Elle tourne sa main, la retourne, s'enfonce encore plus. À croire qu'elle veut m'arracher les entrailles. Je voudrais lui hurler d'arrêter, mais ma détresse est telle qu'aucun son ne sort de ma bouche. Les larmes roulent sur mes joues. Elle enlève subitement sa main, puis son gant plein de sang, en clamant :

— Madame, vous êtes totalement inconsciente ! Je ne sais pas comment vous avez pu en arriver à ce stade. C'est irresponsable ! Quel médecin vous suit ?

— Euh, le docteur… euh, je ne sais plus…, bredouillé-je en tremblant. Mais que se passe-t-il ?

— Le col est totalement dilaté. Comment cela est-il possible ? Il s'est forcément passé quelque chose. Qu'est-ce que vous avez fait ?

Je suis pétrifiée, mais je réussis entre deux flots de sanglots à prononcer le nom de mon médecin. Eugénie est furieuse. Ses joues auparavant toutes blanches ont rosi, ses lèvres se sont détachées et sont à présent déformées par la colère. Des veines bleues apparaissent dans son cou tendu, très tendu. Son regard est noir de reproches. Elle arrache ses gants, les balance de rage à la poubelle et s'en va en claquant la porte.

À partir de ce moment-là, je vais détester cette femme qui me culpabilise, alors qu'elle ne connaît ni mon dossier médical ni mon histoire personnelle. Comment peut-elle être aussi accablante ? Je suis bien trop faible pour l'envoyer promener. Et surtout, je ne peux pas bouger, je n'ai d'autre solution que d'être prise en charge par elle.

Pourtant, je veux rester positive. Je ne veux pas penser au pire. Les douleurs vont s'arrêter, et je pourrai rentrer chez moi tranquillement. Stella me l'a dit. Oui, il faut que je parvienne à passer cette épreuve, le bonheur est à portée de main. Après tout ce que j'ai traversé, je ne vais pas craquer maintenant si près du but. J'ai fait des choix, les bons, je vais y arriver. La vie est faite de rebondissements, et c'en est juste un de plus.

2

Cinq ans plus tôt.

« Quatre, trois, deux, un, bonne année ! » cria-t-on à tue-tête dans l'appartement de Stella bondé de monde. Elle avait mis les petits plats dans les grands pour ce 31 décembre hawaïen. Une plage géante avait été installée, avec du sable, des faux poissons, des crabes, des palmiers, des bouées, des parasols et même des champignons chauffants qui nous permettaient de nous allonger dehors sur des transats. Certains invités étaient venus en paréo, d'autres en robe de plage ou en maillot. C'était délirant, il ne manquait que la mer ! Une soirée mémorable. J'étais heureuse de retrouver mes fidèles amis de Bruxelles. D'autant plus heureuse que cette année s'annonçait pleine de nouveaux challenges.

« On trinque à ton déménagement, ta nouvelle vie, ton nouveau job, ma belle ! me lança Stella. Fini, les révisions de dernière minute, les heures passées à discuter de notre avenir sur le campus, les stages à décrocher, les résultats des partiels. À toi les petits Parisiens, les dorures de l'Assemblée nationale, l'indépendance financière, les responsabilités, les pots dans les ministères… »

Elle me rappela ainsi que mes années d'insouciance à la fac et de colocation avec elle, Matt et Charles, s'envolaient brusquement. J'entrais dans la vie active. Et si j'avais attendu ce moment avec impatience, je craignais maintenant de ne pas être à la hauteur. Mais à en croire mon amie, j'allais faire des merveilles. Et gagner beaucoup d'argent. Il m'en faudrait, car je n'avais pas choisi d'habiter dans l'arrondissement le moins cher. J'avais opté pour un deux-pièces dans le Marais. J'aimais beaucoup l'ambiance de ce quartier aux airs de village où il fait bon vivre. Un endroit aux mille facettes dans lequel s'épanouissaient la communauté juive et la communauté gay. Des ruelles chargées d'histoire, aux superbes hôtels particuliers, aux places romantiques, aux petits passages cachés, aux innombrables terrasses de café, aux friperies et aux boutiques de créateurs où se pressent les fashionistas parisiennes, il y avait toujours de l'animation. Les concerts, les défilés, les manifestations, les spectacles de rue, ce vieux Paris ne dormait jamais. Je crois que c'était ce qui me rassurait. Ainsi j'avais l'impression d'être moins seule. En quelques jours, je m'y étais vite recréé un cocon où j'allais me sentir bien. Il ne restait plus qu'à découvrir mon nouveau lieu de travail.

Pour le premier matin, je décidai de partir trente minutes en avance. Cela me laisserait le temps de trouver une place pour mon vélo et de repérer les alentours. Une fois en piste, je me méfiai des portes de voiture, car les Parisiens déjà peu réputés pour leur savoir-vivre et leur civilité, faisaient peu de cas des cyclistes, objets roulants non identifiés qui n'avaient rien à faire sur leur route. Et puis pédaler avec une jupe n'était pas vraiment chose aisée. Mais je prenais mon temps, et l'essentiel était de ne pas me retrouver dégoulinante de sueur. À l'arrivée, je garai mon vélo sur la place, troquai mes baskets pour mes talons hauts, que je dissimulais dans mon sac, et envoyai une petite photo à Stella. J'étais prête à faire mon entrée dans le monde professionnel. Je fondais beaucoup d'espoir dans ce nouveau job : intégrer une équipe, prendre des responsabilités, mieux comprendre le fonctionnement de la sphère politique, et avant tout, aimer mon travail. C'est impatiente et un peu nerveuse que je me présentai à l'entrée. La façade monumentale de l'institution surveillée par les gardes républicains m'intimidait quelque peu. Après avoir montré patte blanche aux hôtesses d'accueil, j'aperçus le secrétaire général du groupe, Martin Laval. Jeune et sympathique, il m'accueillit sans chichis, ce qui me mit immédiatement à l'aise. Tout en discutant, on traversa la cour d'honneur à l'architecture néoclassique dans laquelle je repérai la majestueuse sphère en granit noir des droits de l'homme. C'était impressionnant de pénétrer dans ce haut lieu d'influence. Le groupe parlementaire pour lequel j'allais travailler occupait le deuxième étage, non loin de l'hémicycle. Deux fonctionnaires de l'Assemblée me souhaitèrent la bienvenue avec grand sourire en précisant que je pouvais compter sur leur aide. Toutes les portes du couloir étaient ouvertes, ce qui d'emblée parut très agréable. Seules quatre étaient fermées ; celle du président du groupe qui n'arrivait que le mardi, premier jour de séance de l'Assemblée, ainsi que celles de trois autres députés qui avaient le privilège d'avoir leur bureau non loin de l'hémicycle, signe certainement de leur popularité ou de leur engagement. Ces parlementaires VIP n'arrivaient également que le lendemain. Martin, qui avait choisi le tutoiement, m'indiqua mon bureau. Il n'était pas très grand, mais j'avais l'avantage d'être seule, ce qui n'était pas le cas de tous. Comme je m'étonnai de voir une télévision, Martin m'expliqua qu'ainsi nous pouvions suivre les débats en séance ou en commission sur le canal interne. Il me proposa de prendre le temps de poser mes affaires, de regarder l'ordre du jour, les dossiers en cours et de me retrouver un peu plus tard pour une réunion. Alors que je prenais possession de mon nouvel univers, un voisin surgit comme un diable de sa boîte.

— Bonjour, je suppose que c'est toi la nouvelle, Camille, la grande spécialiste de la question des retraites.

— Je vois que tu attaques d'emblée.

— C'est juste pour te prévenir de ne pas marcher sur mes plates-bandes. Moi, c'est Baptiste, je suis chargé de la commission des affaires économiques et des finances. Alors, tu penses quoi de l'avenir de nos retraites ?

— Écoute, je te rassure tout de suite, je ne suis pas là pour prendre le rôle et la spécialité de qui que ce soit. Effectivement, je connais un peu ces problématiques, mais détends-toi, on aura bien l'occasion d'en parler !

Je vis le secrétaire général, qui était resté dans l'encadrement de la porte, afficher un grand sourire et me faire un petit signe d'approbation. Il semblait amusé de la situation et en même temps satisfait de la réponse que j'avais apportée à mon collègue.

— Ah, me voici soulagé, Martin m'avait dit que tu étais une killeuse en la matière, alors tu comprends, je préfère savoir à qui j'ai à faire, se justifia-t-il pour excuser son comportement un peu cavalier.

— Je crois que j'aurais bien assez de travail avec mes attributions.

— C'est clair, la commission des affaires culturelles et sociales est la troisième plus grosse commission, alors tu ne vas pas chômer. D'ailleurs, même si les trente-cinq heures vont bientôt être votées, nous, on n'y est pas. Sache que tu as échappé au pire, les innombrables heures de séances, surtout la nuit pour les premières lectures du projet de loi sur le temps de travail. Bon courage. Je te laisse, on se voit à la réunion de 10 heures, je passe devant ton bureau, alors je serai ton guide jusqu'à la salle, ordonna Baptiste qui s'était d'office octroyé le rôle de chaperon.

Je ne dis rien, je ne voulais pas faire de vagues. Mais je sentais qu'il fallait que je me méfie de cet énergumène aux dents longues. Sous ses airs d'Italien charmeur, avec sa grande mèche brune qu'il s'évertuait à lisser de côté, il était venu marquer son territoire. Cela me fit plutôt sourire qu'il me prenne pour une concurrente, on allait bien s'amuser. Je vis Martin rejoindre Baptiste. Ils échangèrent, pour sûr, leurs premières impressions sur moi. J'aurais bien voulu être une petite souris. Je pus enfin tranquillement prendre place derrière mon tout nouveau bureau. Je vis sur l'étagère à gauche de la fenêtre le règlement de l'Assemblée nationale, l'annuaire des députés, des commissions et puis le Code civil, mes futurs outils de travail. Il ne restait qu'une demi-heure avant la réunion, et je décidai de suivre les conseils de Martin en cherchant sur Internet le programme des réjouissances. Ce fut donc en pleine lecture que Baptiste vint m'interrompre pour m'emmener à la réunion. En passant devant le bureau des assistantes, il entra d'un air satisfait avec un grand sourire pour me présenter tel un trophée. Quelle ne fut pas sa déconvenue quand Sophie, mon amie, me sauta dans les bras. Apparemment, il ne savait pas que c'était grâce à elle que j'avais eu vent du poste vacant. Je jubilais en voyant la tête de Baptiste. Mais il reprit vite contenance en pénétrant dans la salle de réunion. Des croissants et des Thermos de café et de thé étaient disposées au milieu des tables. Il y avait autant de chargée d'études que de commissions, donc six, le secrétaire général Martin, son adjoint et puis l'assistant parlementaire du président. Le tableau était complet. Martin me fit signe de m'asseoir à sa droite et prit les rênes de la réunion en commençant par un petit discours de bienvenue et quelques mots sur mon parcours. Son geste était très appréciable, il voulait que je me sente bien accueillie, ce qui était le cas. Je constatais que nous étions tous à peu près du même âge. Le secrétaire détailla nos missions. Fournir des notes sur les textes de loi et les sujets d'actualité pour la réunion hebdomadaire des députés, le mardi matin, rédiger les lettres types de réponse aux courriers des électeurs sur certains sujets sensibles, préparer les discours et les amendements, et suivre les séances des textes de loi nous concernant dans l'hémicycle, de jour comme de nuit. Martin aborda ensuite les sujets de la semaine, et là, autant dire que notre petit point prit une autre tournure, celle d'un débat d'idées entre les différents collaborateurs, auquel je pris part assez rapidement, puisque le projet de loi de finances pour la Sécurité sociale était au programme. Baptiste donna son avis sur l'idée de la création d'une cinquième branche de la Sécurité sociale relative à la dépendance. Une nécessité qui se heurtait à des problèmes de financement. Les échanges étaient nourris, c'était intéressant, enrichissant et vivifiant. Les premières impressions sont souvent les bonnes. Après cette réunion, j'en étais convaincue et quelque peu soulagée, j'allais m'épanouir dans mon travail. J'avais maintenant hâte d'aller dans la fosse aux lions, ce que je fis la semaine suivante en compagnie du secrétaire général, ce qui était rassurant pour ma première. Nous étions présents en appui des députés qui parlaient du texte de loi, s'y opposaient ou le défendaient. Ils présentaient leurs amendements, qui étaient ensuite votés ou retoqués. Tout le travail avait été fait en amont par nos soins, mais il arrivait qu'en séance les élus aient besoin d'autres informations pour enrichir leurs argumentaires ou réagir à un amendement du gouvernement ou du rapporteur déposé au dernier moment. Ils étaient assis dans l'hémicycle et nous sur les côtés, ainsi ils pouvaient faire passer des papiers par les huissiers pour nous interpeller. De même, c'était également à nous de veiller à ce que les députés de notre groupe soient bien présents lors des votes.

Il me fallut quelques mois pour bien me familiariser avec le fonctionnement de l'Assemblée nationale et mes nouvelles responsabilités. Je ne comptais pas mes heures. Pour autant, je préservais mes week-ends, heureusement car j'avais tout de même quelques séances de nuit à assurer. Ces séances commençaient à 21 h 30, après une pause dîner, et pouvaient s'achever jusque tard dans la nuit. Certaines, mémorables, pouvaient durer jusqu'à 4 heures du matin, comme le débat sur les trente-cinq heures. Alors, la pause de fin de semaine était indispensable. J'en profitais souvent pour retrouver mes trois copines. Nos dîners de fille, style *Sex & the City*, étaient devenus un rituel. On avait établi notre camp de base dans un restaurant italien de Saint-Germain. Il y avait Alice, l'intello de la bande. Après notre année d'étude de droit, elle avait continué en thèse et passait ses journées tel un rat de bibliothèque à faire ses recherches. Il y avait aussi Sophie, l'assistante avec qui je travaillais à l'Assemblée, une petite rigolote à qui il arrivait toujours les histoires les plus insensées. Et puis Morgane, une pétillante journaliste mais surtout Miss Conquêtes sexuelles. Elle nous tenait en haleine avec ses aventures masculines. Elle était sans complexe et ne lésinait pas sur les détails croustillants. Une fois lancée, on ne pouvait plus l'arrêter. La dernière histoire avait eu lieu dans une caserne de pompiers. Morgane avait joué les Bridget Jones en s'essayant à la rampe et avait atterri dans les bras d'un beau pompier qui l'avait réceptionnée avec un grand sourire. Bref, après ça, on comprit qu'elle avait vu tous les recoins les plus cachés de la caserne. Morgane était à l'aise dans toutes les situations, dans les inaugurations, les cocktails, les soirées, les fêtes, et même lorsqu'elle allait faire un sujet chez le boulanger du coin. Elle ne craignait pas le regard des autres et encore moins celui des hommes. Pas très grande, cette brunette maîtrisait à fond les codes de la mode et savait mettre son corps en avant. Être sexy sans être vulgaire. Elle avait cette assurance naturelle que beaucoup de femmes lui enviaient. Je l'avais déjà vue en action. Lors d'un vernissage, elle avait mis le grappin sur un jeune trader. D'un regard, d'un mot, elle avait enflammé le désir de ce mec, sans jamais chercher à s'imposer. Habillée d'une robe longue moulante noire, elle était très classe et glamour. Elle contrôlait son jeu de la séduction jusqu'au bout, elle l'attirait progressivement dans ses filets jusqu'à lui faire croire qu'elle allait réaliser ses rêves les plus fous, c'était une experte. Était-elle heureuse pour autant, nous l'ignorions. Elle aimait séduire, elle aimait être libre, autonome, et pour le moment, sa vie sans attaches lui plaisait comme ça. Ce qui sidérait Alice, la plus mesurée de la bande. Elle était ressortie récemment avec son amour d'enfance, mais d'après ce qu'elle nous avait raconté, cela commençait à capoter. Elle était en mode déprime et évitait les questions, c'était plutôt elle qui en posait.

— Et toi, Camille, toujours célibataire ?

— J'avoue que je suis plutôt en mode boulot, en ce moment. J'ai intégré une équipe hyper sympa.

— N'est-ce pas ? me coupa Sophie, en faisant mine de se lever.

— C'est ça, à l'image de cet énergumène... ajoutai-je en la montrant du doigt tout en riant. Bref, en tout cas, je ne sors pas la tête de l'eau, en même temps, c'est le début, il faut que je fasse mes preuves. J'ai quelques séances de nuit qui m'attendent la semaine prochaine.

— Je confirme, mais moi je serai dans mon lit pendant ce temps.

— J'imagine bien. Le pire, c'est que le vendredi soir j'ai le dîner d'anniversaire d'un ancien copain, je risque d'être crevée, ça promet.

— Si tu arrives à y aller, car il n'est pas dit que ton texte soit fini !

Les prédictions de Sophie se révélèrent fausses, heureusement, je n'imaginais pas poser un lapin à Jean. Mais le vendredi soir suivant, la séance s'acheva assez tard, à 21 heures. Pile au moment où je devais être au restaurant.

Autant dire que le temps de rentrer prendre une douche et me changer, j'avais une heure de retard. Moi qui aimais la discrétion, c'était raté. Je dus faire le tour de la grande tablée pour embrasser quinze personnes. C'est là que j'eus un instant d'arrêt. Lui, je ne le connaissais pas. Je venais de l'apercevoir derrière le poteau. Un regard bleu intense à vous faire chavirer en quelques secondes. Il portait une chemise qui rappelait la couleur de ses yeux. Plus je me rapprochais, plus je sentais de légers effluves de vétiver et d'agrumes. Je le regardais une nouvelle fois à la dérobée. Je prenais mon temps pour savourer ce moment assez vierge, où aucune émotion n'était encore passée entre nous, où mon cœur ne s'était pas encore emballé, où mes genoux ne s'étaient pas non plus mis à trembloter ni mon ventre à se nouer. Nos regards allaient se croiser. Que penserait-t-il ? Elle est jolie ? Elle me plaît ? Quel délice de regarder l'autre sans qu'il le sache. Je voyais sa bouche et ses lèvres fermées, celles que je pourrais peut-être embrasser. Il n'était pas rasé de près, et cela lui donnait un petit côté aventurier. Je fus traversée d'un frisson. Voilà, il me vit et esquissa un léger sourire. Qui était ce bel inconnu ? Je m'assis sagement à côté de Jean, il m'avait réservé la meilleure place. Il me taquina sur mon retard puis tous me demandèrent de mes nouvelles. Je répondais un peu machinalement. Mon corps était à table mais mon esprit ailleurs. Je sentais bien qu'on m'observait. J'avais du mal à rester concentrée. Je survolais ce dîner comme un zombie, j'étais complètement ailleurs. Mais personne ne le remarqua, je suivais les conversations, je répondais, je riais. Une fois le dîner terminé, vers minuit, on se retrouva tous dehors. Je montai dans le même taxi que lui. Quatre à l'arrière, je me retrouvai serrée tout contre lui. Je sentis mes mains devenir moites, mon cerveau se mit en mode panique. Il fallait que je me reprenne. Je ne pouvais perdre le contrôle si rapidement. Il mit la main sur ma cuisse.

Non c'était peut-être une idée. On arriva au Starlight, Jean avait réservé deux tables, ce qui nous évita de faire la queue. Murs capitonnés, style un peu lounge, gros sofas en cuir, la piste de danse n'était pas très grande. On discutait les uns avec les autres. J'étais à nouveau à côté de Jean. La musique était forte. Difficile de parler, hormis avec son voisin. C'est cet instant que je choisis pour me renseigner sur lui. Jean connaissait Romain depuis tout petit, ils habitaient la même rue. Les études les avaient séparées physiquement, mais ils se retrouvaient à chaque fois qu'ils rentraient dans leurs familles, à Strasbourg. Cette ville était donc notre point commun. Je le gardais en tête. Nos yeux se croisèrent à nouveau. Soudain, il me regarda avec plus d'insistance, je décidai de détourner le regard, et puis non, je me ravisai. S'il me regardait toujours, c'est qu'il avait envie que quelque chose se passe entre nous. Je noyais mes yeux dans les siens. J'avais l'impression que je lui plaisais. Peut-être était-ce juste une impression. Je ne sais pas. Tout à coup, la bande se leva et se mit à danser. *Bombastic.* Il y avait du monde, on était collés. Mais cela ne me gênait pas de me retrouver dans une boîte à sardines avec Romain. Je sentais la chaleur de son corps, le souffle de son haleine, coco, comme le Malibu. On avait un peu bu, mais sans exagération, juste de quoi nous désinhiber. Je voyais les autres, qui entre-temps étaient retournés s'asseoir, nous scruter avec des yeux de merlans frits. Je m'en fichais. Je dansais avec lui. On se cherchait un peu, tous les deux. Ce petit jeu de drague me plaisait bien. Mais pas le temps de dire ouf, Jean, sourire aux lèvres, nous avait rejoints sur la piste. Quoi ? Voulait-il faire le chaperon ? Retarder le rapprochement ? Jaloux ? Non, je n'osais pas le croire, depuis le temps qu'on se connaissait. Il me murmura à l'oreille que j'avais l'air de plaire à son copain et qu'il s'en réjouissait. Hum, entremetteur, finalement ! Il repartit s'asseoir. Un slow. *One*, U2. Celui qui vous prend aux tripes. Dommage, c'était un peu tôt. Je décidai de quitter la piste de danse, quand je sentis une main me retenir. Je me retournai. Romain. J'étais seule avec lui. Je me sentais un peu fébrile, les yeux qui papillonnaient. S'ensuivirent de longues minutes à nous agiter sur la piste de danse. Il restait à distance de moi, comme s'il ne voulait pas me toucher pour le moment. Je tournais autour de lui, je m'approchais puis m'éloignais. Je mettais mon bras autour de son cou pour ensuite le dénouer. Je dansais autour de lui. J'étais joueuse, charmeuse. Il avait l'air d'aimer. Puis, comme s'il ne tenait plus, il m'attira à lui pour continuer ce slow plus près de moi. Il mit ses mains sur mes hanches, je sentis immédiatement la chaleur m'envahir. L'ivresse de l'instant, de l'instant d'avant, d'avant le baiser. Il me serra encore plus fort, se pencha vers mon oreille, me susurra que j'étais sexy dans ma robe et que j'allais le faire craquer. Je ne répondis rien, je souris. Je ne pouvais plus le lâcher des yeux. Je remarquai quelques tâches de rousseur sur son nez, je ne les avais pas vues avant. Tout mon corps était excité, parcouru d'un courant électrique. Le désir d'être embrassée était presque insoutenable, mon corps se tendait, mon cœur battait si fort qu'il aurait pu exploser. Cette attente si précieuse qu'on aimerait faire durer toujours. Mais non, c'est fugace. La chanson était finie. Il desserra son étreinte, je reculai alors pour reprendre mes esprits. Puis, d'un geste, il me fit brusquement revenir au plus près de lui, tout contre son corps. « Ne Pars pas si vite », murmura-t-il. Je sentis sa main se poser doucement sur ma joue rosie par l'émotion. Je n'osais plus bouger, comme figée, ma bouche était prête à accueillir son baiser. Délicatement ses lèvres se posèrent sur les miennes. Ce premier contact sensuel était doux. Je m'abandonnai. Je goûtais avec délectation à ces lèvres légèrement sucrées. La saveur suave de sa bouche me parvint. Il embrassait divinement bien.

On en avait presque oublié les autres, qui nous avaient certainement observés. En retournant à table, je ne savais pas trop où m'asseoir, mais il me prit par l'épaule. La question était réglée. Que c'était curieux, ce changement de statut. Premier baiser. Nous étions ensemble. Mais ensemble pour la soirée ou plus ? La seule chose dont j'étais certaine était cette attirance, ces battements de cœur et ces petites étoiles qui avaient envahi mes yeux. Il y avait quelque chose de magique.

3

À la fin de la soirée, Romain me raccompagna. Mais il ne monta pas dans mon appartement, je ne voulais pas qu'il me prenne pour une fille facile. Il attendrait quelques jours. Je m'endormis heureuse, en repensant à ce baiser et à tous les petits détails qui restaient imprimés dans ma mémoire.

La semaine me parut longue. Romain partait en déplacement pour son travail, et moi j'étais débordée. Nous échangeâmes des dizaines de textos, nous étions impatients de nous retrouver. Nous nous étions donné rendez-vous devant Notre-Dame. J'avais une furieuse envie de le revoir, et en même temps, j'étais tendue. Lui plairais-je autant de jour que de nuit ? Allions-nous bien nous entendre ? Allions-nous faire l'amour ? Comment cela se passerait-il ? Ne serais-je qu'une passade ? Je savais qu'il fallait que je me fasse violence et que je me laisse guider par le cours des choses, mais c'était plus fort que moi. Il me repéra rapidement sur le parvis. Attendait-il depuis longtemps ? M'avait-il vue arriver ? J'avançai vers lui, il me prit la taille et m'embrassa fougueusement. Le week-end s'annonçait bien.

— Alors, heureuse de me voir ?

— À ton avis ? lui répondis-je en me serrant plus fort contre lui. Prêt pour une promenade romantique ?

— Je t'arrête tout de suite, je ne suis pas romantique du tout ! répondit-il d'un air cassant, détournant la tête, je ne vis donc pas son petit sourire en coin.

— Ah bon ?

— Non le romantisme, c'est pour les amoureux. Nous n'en faisons pas partie.

— Pas encore. Mais je compte bien te faire changer d'avis.

— On va voir.

On commença à avancer.

— Je vais adorer te faire marcher, me dit-il en me prenant par les épaules. Évidemment que cette balade me plaît !

— Ah je suis rassurée. Je ne voudrais pas que… euh… enfin… bon, je m'embrouille !

— C'est ça ! Tu rougis.

— Oh, cela m'arrive souvent. Trop d'émotions.

Je mis les mains sur mes joues pour les rafraîchir. Amusé, il me murmura :

— Je pense que tu auras encore plus chaud tout à l'heure.

La seule chose qu'il ne fallait pas dire. Cette fois, c'était pire, j'étais écrevisse !

Nous nous enfonçâmes dans les ruelles de l'île de la Cité puis de l'île Saint-Louis, un havre de paix au cœur de la capitale. Nous flânions, tête en l'air, pour admirer les chefs-d'œuvre architecturaux. Le charme était dans l'entre-soi de ce quartier au milieu de la Seine où les immeubles sont de facture ancienne, élevés faute de place dans l'horizontalité. Les fenêtres sont hautes et exiguës, les façades blanches penchent, et nous nous demandions si elles n'allaient pas s'écrouler sur notre passage. Derrière les portails en bois se cachent de merveilleuses arrière-cours. Parfois, on pourrait se croire à Venise, tant les effluves aquatiques se répandent dans les rues. Nous nous laissions séduire par cet endroit, nous nous prenions la main, nous nous regardions, nous nous dévorions des yeux. Nous nous arrêtâmes pour savourer une fameuse glace de la maison Berthillon puis reprîmes doucement notre chemin vers le Marais. Nous rejoignîmes les arcades de la ravissante place des Vosges, lieu propice à un baiser passionné. Nous ne tenions plus. Cette balade avait mis en émoi tous nos sens, et c'est tout naturellement que je proposai à Romain de faire une pause chez moi. Lui comme moi n'attendions que ça. La porte à peine ouverte, il me bloqua contre le mur, m'embrassa, me caressa la joue, effleura ma poitrine, dénoua mes cheveux, passa sa main le long de ma cuisse, me susurra au creux de l'oreille que j'étais belle. Je sentais le désir monter. Ses lèvres suaves descendirent le long de mon cou, il déboutonna lentement mon chemisier laissant apparaître la dentelle de mon soutien-gorge. Sa main chaude se glissa sous mes vêtements. Il m'enlaça et me renversa délicatement sur le lit. Il ouvrit la fermeture Éclair de ma jupe, qui tomba par terre. Je découvris son torse, il conservait un léger hâle estival. Il sentait bon les effluves fruités et boisés. Mes battements de cœur s'accéléraient. Mon regard se noya dans le sien. Nos deux corps tout entiers s'enflammèrent. Électriques, ils se mêlèrent. Je sentais et je goûtais sa peau. Notre étreinte dissipait toutes mes angoisses. Nous restâmes ensuite longtemps enlacés. Finalement, nous ne cherchâmes pas de restaurant, nous étions trop bien pour sortir de cette torpeur enivrante. Le lendemain matin, quand je me réveillai, Romain avait remonté le drap sur mes épaules nues. Il me regardait. Nos caresses de la nuit torride reprirent, nous roulâmes de côté sur le lit et passâmes ainsi la journée enlacés, impatients, fougueux, n'écoutant que notre désir. Nous ne sortîmes de l'appartement que pour déjeuner dans le quartier. Nous voulions profiter un maximum l'un de l'autre, nous rassasier. Je savais qu'il serait impossible de voir Romain en semaine puisqu'il était en formation en Allemagne. Il était ingénieur en mécanique, spécialisé dans les voitures de collection. Son rêve était d'ouvrir un jour sa propre concession. Pour cela, il multipliait les expériences professionnelles auprès des marques automobiles les plus prestigieuses. Je ne pouvais lui jeter la pierre puisque j'étais également très prise par mon travail. Dans un premier temps, le voir le week-end me convenait parfaitement.

Quand j'appelai Stella pour lui raconter que j'avais rencontré quelqu'un, j'eus l'impression qu'elle était rassurée, rassurée que je ne sois plus seule loin d'elle. Je m'étais tellement angoissée, lors de mon départ de Bruxelles, qu'au début elle m'avait téléphoné presque tous les soirs, puis toutes les semaines. Mais depuis quelque temps, curieusement, nous nous parlions moins, je n'avais plus droit aux comptes rendus de ses rencontres masculines et je trouvais cela curieux.

— Toi, tu me caches quelque chose.

— Peut-être, peut-être.

— Un homme, j'en suis sûre. Ne tourne pas autour du pot, sinon je raccroche. Et si tu ne m'en as pas parlé, c'est que c'est sérieux.

— Disons que si ça ne l'est pas, cela pourrait gâcher une amitié.

— Ah, j'ai raison. Tu m'intrigues. Alors, comment est-il ?

— Il est grand, blond, ses yeux, ah ! Trop beaux…

— Tu me parles de Matt, n'est-ce pas ?

— Euh, oui, mais comment as-tu deviné ?

— Il ne faut pas être Madame Irma pour le savoir. Je voyais bien qu'il était raide dingue de toi. Il te mange des yeux, il rit à toutes tes blagues, vous êtes tellement complices.

— Moi, je n'avais pas remarqué, avant ce fameux soir

où Charles n'a pas pu venir. On s'est retrouvés tous les deux, on avait envie de faire la fête, et puis c'est arrivé comme ça. On était en boîte, on avait rejoint des amis. Je ne sais pas, il a commencé à me draguer, et j'ai aimé ça.

— Matt, te draguer ? Sans blague, il était temps que tu t'en aperçoives !

— Je n'avais jamais remarqué qu'il était amoureux de moi. Et puis ses yeux, je ne les avais pas remarqués non plus.

— Évidemment, tu ne le voyais pas comme une future conquête.

— C'est différent, cette fois. Je n'ai pas envie que ça tourne mal parce que, étant donné qu'on fait partie de la même bande de copains, ce serait compliqué !

— Mais pourquoi vois-tu toujours à court terme ? Pourquoi cette histoire d'amour-là ne durerait-elle pas ?

— Parce que tu me connais, je suis assez instable, fofolle, j'ai besoin de mouvement, de vie.

— Et alors, Matt, c'est ça qu'il aime, chez toi, non ?

— Oui, bien sûr. Depuis qu'on est ensemble, on s'éclate. C'est mon meilleur ami, et maintenant mon mec, c'est bizarre, c'est tout.

— Dis-toi que, pour une fois, l'amitié peut se transformer en amour.

— J'espère, je tiens trop à lui !

— Alors donne-toi une chance, lâche prise !

Le mois suivant, nous organisâmes un week-end à quatre. Stella et Matt débarquèrent à Paris. Nous avions rendez-vous dans un pub de Saint-Germain, rue des Canettes. Stella sut tout de suite qui était Romain et fonça vers lui. Il ne pouvait pas ne pas la remarquer. Avec sa robe moulante noire et sa chevelure de déesse, tous les mecs la dévoraient des yeux. Pour la première fois, elle avait l'air intimidée. « Il est craquant », me dit-elle discrètement dans l'oreille. Je savais que Stella et Matt allaient bien s'entendre avec le groupe de copains. La soirée se déroula très bien. Après le restaurant, nous décidâmes d'aller au Bus Palladium. Stella, avec sa petite robe, ses boots et son Perfecto, était carrément dans le style. Il y avait deux salles, dont une assez grande, avec le bar sur la droite. Stella et moi nous donnions à fond, la musique nous plaisait. Nous étions déchaînées. Il n'y avait pas de cubes pour danser, sinon Stella y serait montée, comme à son habitude à Bruxelles. Vers 4 heures, en sueur, exténuées d'avoir trop dansé, on alla s'affaler sur les canapés. On eut du mal à quitter la boîte, mais toute bonne chose a une fin. Une fois dehors, Stella, qui n'arrivait pas à se calmer, continua à chanter, même dans le taxi qui nous ramenait. Le pire, c'est qu'on n'avait presque pas bu. Elle semblait heureuse, et Matt contribuait beaucoup à son bonheur. Le lendemain, pendant que les garçons allèrent jouer au squash, je me retrouvai seule avec ma meilleure amie. Je l'emmenai dans un nouveau *coffee shop* du Marais, Le Loir dans la théière, rue des Rosiers. On entra dans un décor digne d'*Alice aux pays des merveilles*. Entre meubles chinés, chaises et fauteuils de toutes les tailles, de toutes les formes et de toutes les couleurs, on avait l'impression d'être au milieu d'un vieux grenier ou d'une brocante. Dans cette déco de bric et de broc, seules les affiches de spectacle qui recouvraient les murs nous ramenaient à la vie réelle.

— Oh, ma chérie, j'adore cet endroit saugrenu ! Mais tu es sûre qu'on ne va pas voir un loir surgir de notre théière ou même Lewis Carroll affalé derrière nous dans un des sofas, en train de nous écouter ?

— Ah, quelle finesse d'esprit, je vois que tu connais tes classiques.

On commanda du thé et des pâtisseries, elles étaient trop alléchantes, débordant des vieux buffets juste derrière nous. On put enfin discuter seule à seule.

— Alors, j'ai rencontré ton Romain, avec qui tu files le parfait amour, il est charmant.

Je voyais le petit sourire en coin sur sa bouche, elle avait l'air ravi pour moi.

— Et ton boulot à l'Assemblée, comment ça va ?

— Je m'éclate. J'ai pris de l'assurance, je commence à maîtriser les codes. J'ai juste eu un petit couac, la semaine dernière, et à mon grand étonnement, Baptiste a volé à mon secours.

Je lui racontai que j'avais fait une bourde sur un amendement qui aurait été déclaré irrecevable si Baptiste ne l'avait pas relu à temps. J'avais proposé une diminution d'une ressource publique sans la gager, c'est-à-dire sans prévoir de compensation financière, cela faisait un manque à gagner pour l'État. En bon économiste, Baptiste avait immédiatement repéré l'erreur. Une faute pas si anodine que ça. Contrairement à ce qu'on aurait pu croire, il était arrivé discrètement dans mon bureau en me disant qu'il me faisait une fleur. En bon prince, il était venu me prévenir avant que le député ne dépose ses amendements et que je passe alors pour une inconséquente. J'étais dans mes petits souliers.

— Et cela te met mal à l'aise, cette histoire ?

— Oui, je le sentais plutôt méfiant, et le voilà doux comme un agneau. Je trouve cela curieux.

— Méfie-toi de l'eau qui dort, il est en train de te préparer un coup dans le dos.

— Suite à ça, j'étais tellement stressée que j'ai travaillé deux fois plus. J'ai tout revérifié et tellement préparé le texte et les différents amendements que j'ai pu répondre du tac au tac aux questions que les députés me posaient pendant les débats. Au top. À la pause de la séance de nuit, ils m'ont même invitée à la buvette des parlementaires pour me remercier.

— Et cela n'a pas trop plu à Baptiste.

— Je ne sais pas trop, mais j'ai eu droit à une petite réflexion misogyne le lendemain, sous-entendant que les élus aimaient se retrouver en charmante compagnie.

— Évidemment, comme tu as fait une erreur, il s'est dit que tu récupérais tous les lauriers à sa place.

Pour comprendre, il faut savoir que la buvette de l'Assemblée nationale n'est réservée qu'aux parlementaires. Les journalistes et les collaborateurs sont interdits d'accès dans ce lieu d'influence très préservé. Chacun sa caste. Seule exception, quand on arrive avec un élu, on ne se fait pas éconduire. Avec ses tables et son bar en marbre vert, elle en jette, cette buvette style Art déco. Les députés de tous bords ont l'habitude de se retrouver autour du zinc. Tout le monde se mélange, se tutoie, rit ou s'engueule. De temps en temps, c'est même digne d'une pièce de théâtre. Certains soirs, après de longues heures de débats législatifs nocturnes, pendant les suspensions de séance, il suffit qu'il y ait un match de l'équipe de France de foot ou de rugby pour que l'unité nationale reprenne le dessus devant l'écran, à la buvette ! Si les murs avaient des oreilles, cette buvette nous révélerait certainement beaucoup de secrets. Ce privilège qui m'avait donc été accordé avait attisé la jalousie de mon collègue pourtant si prévenant quelques jours plus tôt. Au lieu de saluer le travail acharné que j'avais accompli, Baptiste avait mis ça sur le compte du pouvoir de séduction féminin. J'étais déçue de sa réaction. Je n'allais pas me laisser faire pour autant. J'étais là pour mes compétences, Baptiste ne pouvait remettre ça en cause, et je lui prouverais. Autant dire que la routine était un mot qui ne faisait pas partie de mon quotidien professionnel. Moi qui avais tellement peur de m'ennuyer, de rester derrière un bureau. J'avais trouvé un poste épanouissant et je comptais bien défendre ma place. Romain me soutenait dans cette démarche. Lui aussi était très investi dans son travail. Depuis quelques mois, il était revenu à Paris, ce qui nous permettait de nous voir la semaine. Mais je sentais qu'il cherchait à repartir.

— J'ai commencé à regarder les offres de postes.

— C'est vrai ? Remarque, tu finis dans deux mois ta formation à Paris, tu as bien raison de te renseigner. Et alors, tu trouves ton bonheur ?

— Carrément, mais…

— Mais quoi ?

— C'est un peu loin.

— Où ça ?

— À Marseille.

— Ah, quand même.

Il y eut un moment de silence, mais il était tellement emballé que je me ressaisis vite. Je ne voulais surtout pas qu'il croie que j'étais déçue ou que je ne voulais pas qu'il parte. Chacun était libre.

— Non, mais je plaisante, repris-je avec un grand sourire, je trouve que c'est génial ! Ce n'est pas très loin en TGV, cela nous fera de beaux week-ends. Tu t'es déjà renseigné ?

— Oui, et ils me proposent un premier rendez-vous la semaine prochaine.

— Finalement, tu ne voulais pas mon avis, juste mon approbation.

— Disons que c'est une belle opportunité qu'il serait dommage de laisser passer.

L'annonce était un peu brute, moi qui ne voulais pas m'enfermer dans une routine amoureuse, pour le coup, j'étais servie. Aussitôt dit, aussitôt fait, Romain décrocha ce job de rêve dans le Sud. Il s'installa au cours de l'été dans une petite maison à Mazargues. C'était un endroit très agréable, avec sa rue principale et ses petits commerces, un peu excentré sur la route des calanques. Il était sans aucun doute possible d'y résider sans jamais fréquenter le centre de Marseille et ses bouchons. Les maisons minuscules et tortueuses qui s'enchevêtraient donnaient une âme particulière à cet endroit. Il soufflait comme un vent de nostalgie dans les ruelles où les petits vieux s'installaient devant leur porte pour observer le quotidien des uns et des autres ou pour raconter comment était leur vie autrefois. Romain s'y plut immédiatement. Il y trouva une douceur de vivre qui apaisait le quotidien de son travail un peu stressant. D'autant qu'il fut assez déçu d'apprendre, au bout de quelques mois, que son contrat ne serait pas renouvelé. Grâce à son expatriation, nous prîmes le temps de découvrir Marseille. Nous eûmes le coup de cœur pour le vallon des Auffes, avec ses cabanons de pêcheurs et ses barques. Niché sous les arches d'un pont, en contrebas de la corniche Kennedy, ce petit coin typique était envoûtant, avec des accents de Provence, comme sorti tout droit d'un roman de Marcel Pagnol. Un lieu que nous aimions rejoindre au coucher du soleil, en amoureux. La distance ne nous éloigna pas, bien au contraire, nous savourions encore plus nos moments à deux. Nous nous voyions tous les quinze jours. Entre nos travails très prenants et nos petits week-ends d'escapade, je ne m'étais pas rendu compte que cela faisait maintenant près de deux ans que nous étions ensemble. Je m'étais laissée porter par la vie, et cela m'allait bien comme ça. Pour fêter notre anniversaire, Romain voulait marquer le coup. Il m'avait demandé de le rejoindre à la gare pour une surprise.

4

Quand j'étais petite, je pensais qu'il ne fallait pas faire de feu dans la cheminée, de peur que le père Noël ne passe pas. J'étais persuadée que les cils qui tombaient sur mes joues exauçaient les vœux, que si je louchais trop longtemps, mes yeux resteraient coincés, que les garçons naissaient dans les choux et les filles dans les roses, et que la nuit, la lune me suivait partout où j'allais. Et puis il y avait cette croyance d'enfant à laquelle je ne voulais toujours pas renoncer. J'étais convaincue qu'il y avait quelqu'un quelque part pour chacun d'entre nous. Peut-être que pour moi c'était Romain.

Comme convenu, j'étais à l'heure au rendez-vous. Il m'avait envoyé un SMS de dernière minute en précisant : « Gare du Nord. » Cela me donnait déjà un petit indice sur la destination. Au choix : Bruxelles, Londres, Amsterdam. Toutes aussi tentantes les unes que les autres. Il m'avait interdit de lever les yeux, mais je voyais bien que le train était rouge. Une fois que nous fûmes assis, le sifflet du départ retentit. Soudain, j'entendis l'agent ferroviaire crier : « Fermeture des portes du Thalys numéro 3214 à destination de Bruxelles. »

Je devinai que nous allions rendre visite à Stella, ce que

me confirma Romain, à ma grande joie. Par ailleurs, j'étais heureuse de repartir avec lui sur les traces de mon parcours étudiant, de lui faire découvrir cette ville jeune, cosmopolite, qui avait gardé un caractère authentique. Je me levai légèrement de mon siège pour l'embrasser.

Le Thalys filait à toute allure vers Bruxelles. Évidemment, comme tous les moyens de transport me faisaient dormir, je finis par m'assoupir. Nous arrivâmes à midi et passâmes déposer nos valises à l'hôtel. Il était magnifique, au cœur de la ville. Très design tout en restant cosy. Une véranda en verre reliait une partie ancienne à une autre, plus moderne. Là se trouvait une sorte de lougne bar qui prêtait à aller boire un dernier verre en fin de soirée, en s'appuyant sur le piano quart de queue qui trônait au milieu. Nous quittâmes l'hôtel pour aller vadrouiller dans les rues du cœur historique. Je me rappelais mes premières balades, la découverte de la Grand-Place, du Manneken-Pis – plus petit qu'on ne le croit –, du Grand et du Petit Sablon… Je menais Romain sur les pas de Camille étudiante. J'étais en mode *week-end remember*. Je lui dévoilais ainsi une partie de moi dont j'avais eu beaucoup de mal à me défaire. Je restais nostalgique de ces années-là, de cette liberté infinie, du sentiment que rien ne compte, que rien ne dure, et que l'instant présent suffit. Mais mon retour à Paris m'avait mis le pied à l'étrier, et j'avais pris mes responsabilités, côtés professionnel et personnel. Je pense que j'avais réussi à tourner la page et à trouver un nouvel équilibre qui me convenait bien. J'étais passée à autre chose. J'étais plus posée et plus sereine. Romain y était pour beaucoup.

Le soir, il avait réservé une table au restaurant de l'hôtel. L'établissement jouissait d'une vue imprenable sur la ville. Je ne connaissais pas l'endroit. Une belle surprise. Nous portâmes un toast à nos 730 jours. Romain me tendit un paquet avec un nœud blanc. J'étais surprise. Je ne m'attendais pas à un cadeau. Il avait organisé le week-end, c'était suffisant. Je pris le temps de le déballer et je tombais sur un écrin rouge. Je l'ouvris, tout en entendant : « Veux-tu m'épouser ? » Je rêvais ou venait-il de me demander en mariage ? Je ne savais plus trop, mais en levant les yeux vers lui, je compris que c'était réel. Il était ému, moi aussi. Je restai sans voix. J'étais prise par l'émotion, la surprise, la joie, le tout mélangé. J'avais du mal à ouvrir la bouche, non que je n'en eusse envie, bien au contraire. Oui, je voulais dire oui. Romain prit la boîte, et j'avançai ma main. Il fit glisser la bague le long de mon annulaire. Ce bijou, il était allé le repérer, l'acheter seul, à la bonne taille, en se demandant si cela me plairait. Il avait certainement hésité, était revenu et l'avait finalement pris. Cette démarche me frappait en plein cœur. Notre table étant à l'écart, nous étions comme dans une bulle. Sans m'en rendre compte, je me retrouvai dans ses bras pour aller l'embrasser et lui dire que je l'aimais. Des étoiles plein les yeux, je voyais son sourire. Nous étions heureux. Nous passâmes le reste du repas à parler du chemin que nous avions parcouru ensemble, de nos projets d'avenir, des futures réactions de nos parents. Nous nous regardions amoureusement, les contacts physiques discrets se multipliaient. Nous avions soif de nous toucher. À la fin du dîner, dans l'ascenseur qui menait à notre étage, nous nous embrassâmes fougueusement. Nous nous précipitâmes tant bien que mal dans notre chambre, en gloussant à la vue d'un couple qui nous surprit. Notre éteinte fut passionnée, comme si nous venions juste de nous rencontrer, et je lus dans son regard tout l'amour qu'il éprouvait pour moi.

Le lendemain, nous retrouvâmes mes amis au Daring, notre pub habituel d'étudiants. Charles accompagnait Stella et Matt. Il sortait depuis quelque temps avec une Russe, apparemment un canon de beauté, mais il n'avait pas voulu venir avec elle. Stella nous alpagua. Les garçons commandèrent des bières, et nous deux verres de vin. Nous trinquâmes à nos deux ans. Je ne tenais plus, il fallait que je le dise à Stella. Je cherchais le bon moment. J'entendais les garçons parler, je ne savais pas ce qu'ils se racontaient mais tout à coup, ils éclatèrent de rire. Romain me regarda avec un grand sourire puis scruta la main de Stella, je suivis son regard et j'en compris la raison. Nous avions toutes les deux une bague au doigt.

— À nos fiançailles lançai-je à Stella, qui me regarda interloquée.

— Oui, Romain m'a demandée en mariage hier soir.

— Ce n'est pas vrai, quel petit cachottier ! Tu m'as dit que vous veniez en week-end, mais tu avais oublié un détail, Romain.

— Et c'est toi qui dis ça ? renchéris-je en lui montrant sa bague.

— *Yes, look at the ring !* cria-t-elle en avançant sa main. Matt m'a demandé il y a une semaine. Mais comme je savais que tu venais, je ne voulais pas te l'annoncer au téléphone, je n'arrêtais pas de me mordre l'intérieur de la joue pour me retenir de parler.

— Oh, je vois comme tu as souffert, quelle comédienne !

— Mais au fait, les amoureux à distance, vous allez enfin emménager ensemble ?

— Je ne sais…

— Oui, bien sûr, mon contrat se termine dans quelques mois, et je vais réintégrer la capitale, m'interrompit Romain. On va se trouver un petit nid douillet.

Il venait de m'annoncer une bonne nouvelle. Moi qui, tout le week-end, avais éludé la question, croyant connaître la réponse, j'étais stupéfaite, mais tellement comblée. Mon bien-être intérieur était à la hauteur de celui de Stella, excepté que je restais plus discrète. C'était une vraie gamine, elle ne tenait plus en place sur le banc, elle n'arrêtait pas de bouger et de se lever pour nous embrasser. Fatiguée, elle se rassit pour se calmer. Je sentis que c'était le moment de lui proposer d'être ma demoiselle d'honneur. J'entendis alors comme un écho. Stella me demanda la même chose au même moment. Et c'était reparti pour les grandes effusions. Nous faisions l'animation du pub. Stella était radieuse, elle déclama haut et fort que deux meilleures amies allaient se marier. Forcément, le patron du bar, qui nous connaissait depuis des années, offrit sa tournée, à la plus grande joie des garçons. « Aux heureux fiancés ! » Tout le monde applaudit.

Dans les semaines qui suivirent, j'étais comme dopée par ce nouveau statut de fiancée. Je crois qu'on lisait le bonheur sur mon visage. Vivre à deux, c'était nous engager encore plus, vivre au quotidien notre relation amoureuse. Prendre les qualités et les défauts de l'autre. S'en accommoder ou pas. Se voir tous les jours avec des hauts, des bas, avec ou sans énergie, maquillée ou démaquillée, pour ma part, les cheveux lisses ou en vrac. C'était, en quelque sorte, une mise à nue. Faire avec le mode de vie de chacun, emboîter deux quotidiens qui ne feraient qu'un, continuer à mener sa propre existence tout en la partageant avec l'autre. Accepter de passer moins de temps dans la salle de bains parce que le matin on était deux, supporter les soirées foot entre copains, partager sa couette et se retrouver sans au réveil, être un peu moins maniaque, faire une place pour un cadre de voiture (surtout dans le cas de Romain). Mais quel bonheur de s'endormir et de se réveiller l'un contre l'autre. Bref, c'était déjà un peu pour le meilleur et pour le pire. Le tout était de parvenir à garder le piment qui faisait notre relation, car avant, sans lendemain immédiat, nous nous sentions forcément plus audacieux, nous profitions intensément de nos instants ensemble puisqu'ils étaient plus courts. Désormais, ce ne serait plus toi, moi, mais nous. Nous regarderions dans la même direction. C'était le premier pas vers la sacralisation de notre engagement. Tout ça me faisait réaliser que je tournais à nouveau une page. Cela marquait le début d'une famille. Avant, je ne me projetais pas, je me disais que j'avais tout le temps. Maintenant, une vie à deux commençait.

Lorsque je revins à l'Assemblée, le lundi suivant notre week-end en Belgique, Baptiste repéra immédiatement ma bague. Il me dit que j'étais rayonnante et me félicita. Le reste de la semaine fut plus compliqué à gérer. Je fus prise de cours en réunion.

— Les députés du groupe ont déposé une motion de procédure sur ton texte, me dit Martin. Il nous reste cinq jours avant le débat. Tu t'en occupes ?

— Oui, bien sûr. Qui défend la motion ?

— Le président, et il veut ton discours lundi.

— Lundi ? Mais je ne suis pas là ce week-end, j'ai pris mon vendredi exceptionnellement pour descendre à Marseille.

— Oui, je sais, mais je crains que tu n'aies pas d'autre solution que d'y renoncer. Il me faut un premier jet samedi pour que je puisse valider et faire les corrections éventuelles. Je verrai avec le président pour te rembourser ton train. Tu es toujours d'accord ?

J'eus un instant de silence. Forcément, accepter c'était renoncer à trois jours importants pour Romain et moi. Il s'agissait du dernier week-end avant son retour à Paris. Nous voulions nous balader, profiter des derniers instants près du Grand Bleu, retourner dans nos endroits favoris. Le choix était cornélien. Mais avais-je vraiment un choix ? Non, en prenant ce poste, j'en connaissais les avantages et les inconvénients. Les parlementaires de mon groupe défendaient une motion de procédure sur le projet de loi bioéthique. À l'origine, ces motions pouvaient être adoptée dans l'hémicycle et provoquer par exemple le renvoi en commission et donc empêcher ou retarder son examen. Mais au fil du temps, cet objectif a été perdu de vue, les motions sont devenues des temps de parole supplémentaires pour l'opposition. Les élus parlent du texte, mais parfois même pas, cela devient une sorte de discours plus général qui peut durer jusqu'à une heure et demie. Autant dire qu'il fallait quelques pages pour donner du grain à moudre au député qui parlait. Il ne s'agissait pas de finir par endormir ses collègues, même si c'était souvent le cas, alors il était essentiel de trouver des formules percutantes, des arguments choc qui seraient, dans l'idéal, repris dans la presse. J'allais donc passer le week-end entier à rédiger une motion digne de ce nom. Alors que je réfléchissais, je vis le regard de Baptiste. Était-il désolé ou moqueur ?

— Alors ? insista Martin.

— Euh…

— Si tu veux, je peux m'en occuper, intervint Baptiste.

Voilà, le sauveur de service avait encore frappé. Baptiste proposait de gérer cette motion à ma place. Je n'allais quand même pas lui laisser le champ libre. Il s'agissait de mon travail. Je ne pouvais pas me défiler au dernier moment. La proposition de Baptiste me poussa à me ressaisir.

— Bien sûr que tu peux compter sur moi, je vais annuler mon voyage et rédiger ce discours, dis-je à Martin. Il s'agit d'un texte de ma commission, pour l'avoir déjà étudié, j'en connais bien les tenants et aboutissants. Je n'aurai donc aucun problème à rédiger des dizaines de pages.

— Parfait. Le sujet est clos. Merci pour ta proposition, Baptiste, mais laissons Camille gérer sa commission. Bon courage, tu peux compter sur moi si nécessaire.

J'avais accepté, gardé la tête haute et je n'allais pas quitter mon ordinateur du week-end. J'aurais préféré parler de notre emménagement, flâner le long de la Cannebière, entendre une dernière fois le chant des cigales, mais non, je devrais m'enfermer pour écrire.

— C'est ton chéri qui va être content, me lança Baptiste, lorsque nous sortîmes de la salle de réunion. J'imagine que c'est lui qui est dans le Sud. Ça commence bien, vos fiançailles !

— Ne t'inquiète pas pour moi, j'aurai tout le temps de me rattraper puisqu'il revient à Paris et que nous allons habiter ensemble.

Je regrettai aussitôt de lui avoir donné une telle information. Je ne m'épanchais jamais sur mes problèmes, mes contrariétés, je restais discrète sur ma vie privée. Je plaisantais, je riais avec mes collègues, j'allais déjeuner avec eux. Nous nous entendions tous à merveille, mais j'estimais que moins ils en savaient, mieux c'était. J'écoutais les histoires des autres, mais moi je restais discrète. La seule personne qui connaissait ma vie en dehors de l'Assemblée était Sophie. Mais c'était une tombe. Je pouvais compter sur elle.

Quand je revins au groupe le lundi, j'étais épuisée mais j'avais en main une précieuse liasse de cinquante pages. Renoncer à mon week-end en amoureux m'avait coûté, mais j'étais fière. Je n'aurais pas à rougir de mon travail, je pourrais me présenter devant le président avec un discours argumenté qui tiendrait la route et la distance. Il n'aurait plus qu'à y ajouter sa patte. J'avais la satisfaction de la mission accomplie. Pourtant, au fond de moi, il y avait cette petite voix qui me disait que, pour la première fois, j'avais sacrifié ma vie privée pour ma vie professionnelle. Je n'aimais pas avoir eu à faire ce choix. J'espérais juste que cela ne se renouvellerait pas.

5

Nous emménageâmes ensemble, simplement. J'avais trouvé un appartement très agréable au cœur de Paris. Romain y posa ses affaires et moi les miennes. Le tout se mêla dans une ambiance joyeuse. Notre quotidien ne changea finalement pas. Romain s'absentait souvent en semaine, en raison de ses déplacements professionnels. Disons que nous disposions d'un endroit commun pour nous retrouver le week-end. Nous ne nous disputions pas et vivions en parfaite harmonie, sur notre petit nuage. Un soir, porté par ce bien-être amoureux, Romain jeta à la poubelle ma plaquette de pilules contraceptives en disant que nous n'en avions plus besoin. Je le regardai, interloquée, joueuse, heureuse, et finis par me dire : pourquoi pas. Je ne m'étais pas posé de questions, bébé ou pas bébé. Nous n'y avions pas vraiment réfléchi. Cela se fit tout naturellement, comme le reste. Nous vivions ensemble, nous nous mariions, alors pourquoi pas un bébé avant, après, pendant. Un petit bébé, fruit de notre amour. L'idée nous plaisait, mais mesurions-nous vraiment la portée de nos envies ? Je n'en étais pas certaine. D'ailleurs, curieusement, je ne dis rien à mes parents, ni à Stella, ni même à mes autres amies. Cela demeurerait mon petit secret avec Romain. De toute façon, il nous restait un an et demi avant le mariage.

Les mois passèrent rapidement. Nous fûmes pris dans un tourbillon de préparatifs. Réserver le lieu, l'église, le traiteur, trouver la robe, le costume, établir la liste d'invités, préparer les faire-part, publier les bans… Et nous étions tous les deux débordés de travail. Moi par mes séances de nuit, et Romain par son nouveau poste dans une importante entreprise de rénovation automobile. Il devait faire ses preuves et ne comptait pas ses heures. Au moins, il avait réintégré la capitale, et c'était plus simple. Enfin, peut-être pas pour longtemps, car ses projets d'installation commençaient à prendre forme, non pas à Paris, mais à Strasbourg, notre ville d'origine, et parce que c'était à proximité du marché allemand. Le mariage se rapprochant, nous passions nos soirées et week-ends à gérer les derniers détails.

Je l'avais tellement imaginé et rêvé, ce mariage, que je voulais que tout soit maîtrisé, que tout soit parfait, sans stress ni pression. Tout le monde me disait : « Tu vas voir, ça passe tellement vite, on n'a pas le temps d'en profiter ! » Sachant cela, je voulais justement faire l'inverse et savourer chaque minute de ce merveilleux moment. Stella, qui s'était mariée six mois plus tôt, avait été un véritable coach pour préparer cette cérémonie. Elle était venue avec ma mère et moi pour choisir la robe, elle m'avait conseillée sur le déroulement de la soirée, le choix du DJ, du photographe. Avec Romain, nous avions finalement suspendu notre projet secret. La date du mariage approchant, je ne pouvais plus modifier ma robe et, surtout, je ne voulais pas courir le risque d'avoir des nausées ou d'être fatiguée. La seule crainte qu'il me restât était finalement assez futile. Celle de me prendre les pieds dans ma robe et de m'étaler de tout mon long sur le parvis de l'église.

Heureusement, le jour J, il n'en fut rien. Alors que je traversais l'allée, des étoiles dans les yeux, je pensais à Romain. Le sol de l'église était jonché de part et d'autre de pétales de rose blanche, les bancs étaient ornés de fleurs et de branches d'olivier. De jolis bouquets étaient accrochés aux piliers qui soutenaient la nef. C'était très romantique, comme je l'avais rêvé. Ma mère avait superbement géré la décoration florale, elle pour qui c'était une passion. Magnifique ! Les gens me regardaient et souriaient sur mon passage. De loin, je devinais Romain, debout, me regardant entrer vers le chœur. Mon père m'emmenait sur le chemin de ma future vie, celui de mes propres décisions et de mes choix. Depuis que nous nous étions trouvés, avec Romain, je ne m'étais pas demandé si c'était la bonne personne, cela semblait une évidence.

Lui, le prince charmant dont je rêvais petite fille, se tenait devant moi, avec ses qualités, ses défauts. Lui qui me faisait tourner une page de ma vie, de ma vie d'étudiante insouciante, de jeune fille, de célibataire. Lui qui me faisait rire, pleurer, qui partageait mes angoisses, mes rêves, mes espoirs et mes projets. Lui qui me regardait comme la plus belle des créatures. Lui avec qui j'allais passer le reste de ma vie pour le pire (mais ça, le jour de son mariage, on ne veut pas y penser) mais surtout pour le meilleur. La magie du mariage m'emporta, et je respirais le bonheur.

Dix jours après, j'avais toujours du mal à réaliser, et c'était encore le sujet de notre dîner filles *Sex & the City*.

— Je sens qu'il va y avoir un bébé au programme, dit Sophie d'un air taquin.

— Tu parles, avec le vaccin contre la fièvre jaune, pour le voyage de noces, il en est hors de question.

— Oh, mince ! Et tu dois attendre combien de temps ?

— Trois mois. En même temps, nous ne sommes pas pressés, nous allons profiter de notre vie à deux.

— Tu as bien raison, avant qu'un p'tiot débarque et chamboule toute ta vie, profite ! Tu auras bien le temps de ressembler à une baleine puis de te réveiller la nuit, de changer les couches, de donner le biberon, de faire faire le rot, de te faire cracher de la purée de carotte au visage, de devoir aller te promener plutôt que de mater un bon film dans ton canapé… Je n'imagine même pas, ce n'est pas pour moi, tout ça.

— Vu la description que tu en fais, Morgane, effectivement, cela ne donne envie à personne, répondis-je, en essayant de ne pas m'étouffer, tellement son listing me faisait hurler de rire.

— Comme ça, tu vas savourer tes moments à deux. J'ai plein de copines qui ont enchaîné mariage-bébés, et voilà, maintenant elles me disent : « Ça a été trop vite, gnagnagna… » Ben ouais, fallait réfléchir avant, les filles ! Alors suis mon conseil, jeune mariée.

— Pour dire vrai, les filles, Romain et moi ne faisions plus vraiment attention depuis un an, mais comme les petites graines n'ont pas pris…

— Si tu veux mon avis, ce ne serait pas très raisonnable de penser à faire un bébé maintenant. Tu as un poste à responsabilités, très prenant, tu ne peux pas te permettre d'être enceinte.

— Tu sais, Alice, les élections arrivent bientôt, alors ma charge de travail va diminuer.

— Justement, tu auras certainement des opportunités après les élections. Tu n'as pas fait toutes ces études et ce parcours pour tout lâcher maintenant. Ce serait dommage.

— Ho ! La rabat-joie, tu as fini ton speech ? demanda Sophie. Tu sais, Camille, ça n'a pas pris parce que tu étais préoccupée par l'organisation du mariage, c'est tout, vous verrez bien après votre voyage de noces.

De toute façon, ce n'était pas vraiment une priorité, et pour l'instant, la nature en avait décidé autrement.

Ce ne fut qu'en octobre que je redescendis de mon nuage, après notre voyage de noces, quand je repris le chemin de l'Assemblée. Il n'y avait pas que ma vie privée qui évoluait, ma vie professionnelle aussi. La rentrée était passée, et on sentait le poids des échéances électorales arriver en force. Les élus se faisaient de plus en plus rares lors des débats législatifs, car ils restaient dans leurs circonscriptions. Ils devaient pouvoir répondre à toutes sortes de questions venant de leurs électeurs sur le terrain et nous assaillaient de demandes de notes sur les sujets d'actualité. A priori, le climat politique national leur était favorable, donc il n'y avait aucune raison que l'ensemble du groupe ne soit pas reconduit, mais le risque zéro n'existe pas. Ne pas remporter son mandat bouleversait la vie d'un élu du jour au lendemain. Certains retrouvaient leur poste de fonctionnaires, d'autres se concentraient sur leurs autres mandats, et enfin quelques-uns redevenaient de simples citoyens à la recherche d'un emploi. Une situation assez curieuse. Depuis quelque temps, les municipales tendaient à devenir un enjeu national et non plus local. La raison tenait certainement au fait que beaucoup d'élus cumulaient encore la fonction de député-maire et que les médias et instituts de sondage, à l'affût d'un maximum d'audience et de légitimité, utilisaient la moindre élection pour jauger des fluctuations de l'opinion des Français. Dans ce contexte, la campagne à orchestrer n'était pas si simple pour les élus. Ceux que l'on côtoyait remettaient en jeu leur mandat et devaient jongler entre représentation et gestion des dossiers en cours. L'effervescence était à son comble dans le groupe. Martin avait mis la pression à tout le monde pour que les notes sur tous les sujets d'actualité soient parfaites. Baptiste, en bon soldat, en avait déjà concocté une dizaine. Je le soupçonnais même de travailler le week-end tellement, ses fiches étaient riches d'informations et de graphiques. Il ne voulait pas se retrouver pris au piège par une question d'un élu, alors il était en mode machine de guerre et ne laissait rien au hasard. Sa mentalité avait du bon sur l'équipe, elle créait une émulation, tout le monde était très motivé. J'avais beaucoup de travail en journée mais plus aucune séance de nuit. À part nos comptes rendus et le suivi de l'actualité, c'était finalement plus tranquille. Tellement tranquille, qu'un après-midi je surpris Benjamin, notre nouveau collègue depuis la rentrée, dans une situation totalement saugrenue. En caleçon dans son bureau, ses vêtements étalés par terre, il ouvrait un paquet. Il s'était fait livrer un jean au bureau et avait bien l'intention de l'essayer dans l'immédiat, ce qui m'arracha un fou rire.

— Qu'est-ce que tu fais en caleçon ?

— Tu me trouves pas mal, non ?

— Oui, enfin, euh, non, enfin… ce n'est pas la question, Ben !

— Regarde ce corps d'athlète, rétorqua-t-il en bombant le torse.

— Non mais ça ne va pas, si Martin passe, tu…

— Justement, je n'ai plus de mec, en ce moment, alors je me cherche un petit plan si, tu vois ce que je veux dire.

— Bon, ce n'est pas la peine de développer ! Tu raconteras ça à Baptiste.

— Je l'ai mis sur le coup. Il a pour mission de me trouver quelqu'un.

J'avais bien remarqué que Baptiste adorait les histoires de Benjamin. Le lundi, au café du matin, c'était le débrief du week-end, et autant dire que les aventures plus sulfureuses les unes que les autres de Ben titillaient la curiosité de mon collègue, qui implorait d'en connaître les détails les plus croustillants. Baptiste qui paraissait si rangé, si sérieux et si dévoué à son boulot, avait donc quelque part en lui un côté plus surprenant, plus fantasque. Tout à coup, je vis Benjamin partir en mode défilé. Il se déhanchait jusqu'au bout du couloir puis faisait demi-tour. Évidemment, Baptiste, toujours à l'affût des moindres délires de Ben s'appuya contre le chambranle de sa porte de bureau et le regarda quelques secondes en souriant puis, reprenant son sérieux, l'avertit :

— Arrête ton cirque, Ben ! Si le secrétaire ou le président te surprend, tu vas passer un sale quart d'heure.

— T'en penses quoi, mon Bap ? Je le garde, mon jean ? demanda-t-il, taquin, en se frottant les mains sur les cuisses.

— Évidemment, en plus tu as fait l'ourlet, alors tu ne peux plus le rendre ! rétorqua Baptiste très sérieusement.

Grâce à Benjamin, j'avais découvert une autre facette de Baptiste, plus détendue. Il n'apparaissait plus comme le collègue aux dents longues, sans concession, qui fonce tête baissée sans se préoccuper des autres. Il savait rire ! Et Benjamin y était pour beaucoup. Depuis quelque temps, ce dernier était devenu un peu mon confident et ma bouée de secours. Quand la pression se faisait trop forte, que Baptiste poussait trop à la compétition ou qu'il me cherchait avec ses petites réflexions, j'allais me réfugier dans son bureau pour prendre l'air. Il se situait tout au fond, au calme, loin de l'agitation. Benjamin me conseillait de prendre du recul. Il pensait que Baptiste n'était pas un mauvais garçon, il était certes maladroit mais n'avait aucune mauvaise intention. Il voulait réussir tout comme moi mais faisait parfois preuve d'étroitesse d'esprit. En quelques mois de présence, ce collègue avait apporté un peu de légèreté et de fantaisie au sein du groupe. Cela faisait du bien, en cette période d'incertitude. Parce que, finalement, il n'y avait pas que le poste des élus qui était en jeu, lors des élections, le nôtre aussi. Notre salut était lié à celui des membres du groupe. S'il n'y avait plus assez de députés ou si le groupe était absorbé par un autre, ce serait la fin de notre petite équipe, on irait tous vers d'autres cieux. Dans ces cas-là, c'était chacun pour soi. À nous de nous recaser, de faire les bonnes rencontres ou de saisir notre chance. Enfin, pour le moment, l'heure était à la rigolade.

Comme j'avais plus de temps pour mon couple, j'eus envie de relancer notre petit projet secret. En toute discrétion, parce que les questions récurrentes de mon entourage étaient devenues insupportables, après notre mariage. « Alors, maintenant, allez-vous faire un bébé ? » J'aurais eu envie de répondre « pensez-vous vraiment que je vais vous parler de ma vie intime ? », ou « j'ai des problèmes, justement, vous pouvez peut-être m'aider », ou « oui, bien sûr, vous avez la primeur de l'annonce, je suis enceinte » ! J'aurais voulu leur hurler de me lâcher, d'aller jeter leur dévolu sur une autre proie. Mais non, j'attestais simplement que nous y réfléchissions. La pression de la société. Tout le problème était là. Et si je ne voulais pas d'enfant, tout simplement ? J'avais des amies, comme Morgane, qui n'en voulaient pas. Et alors ? C'était un choix courageux et assumé. Elle avait réfléchi. Malheureusement, elle devait supporter le jugement des autres, ceux qui considèrent que c'est égoïste, que ce n'est pas normal de ne pas être mère. Quand est-ce qu'avoir le choix deviendra un jour la norme ? La loi sur l'interruption volontaire de grossesse avait donné la liberté de disposer de son utérus mais n'avait pas fait disparaître les injonctions à la maternité. Pourquoi devrions-nous toutes rentrer dans un schéma préétabli ? L'épanouissement personnel ne passe pas forcément par la maternité. Non, les femmes sans enfants ne sont pas suspectes. Depuis des années, la société nous impose cette idée dont il faut se défaire. La vraie question pour toute femme et en premier lieu pour moi, était plutôt de savoir si j'avais vraiment envie d'être mère.

6

Un an que je travaillais constamment. Les week-ends sans aucun dossier à traiter étaient rares. La semaine, je rentrais tard, que Romain soit en déplacement ou non. Ce soir-là fut celui de trop. Après le repas, alors que je m'apprêtais à vérifier une dernière fois mes notes, Romain me piqua au vif.

— Laisse ton travail, pour une fois, et profite de la soirée.

— Je ne peux pas, je représente le cabinet à une grosse réunion interministérielle, demain, je ne veux pas faire d'impasse.

— Tu sais très bien que tu connais tes dossiers par cœur, chaque fois c'est le même cinéma.

— Tu exagères, et puis c'est différent, il s'agit d'une réunion pour laquelle j'ai été désignée, et je me dois de répondre à toutes les questions. Des directeurs de cabinet seront assis en face de moi, dont celui du Premier ministre, comprends que ce soit stressant.

— Oui, j'en ai parfaitement conscience, mais rends-toi compte qu'il n'y a plus de moments pour nous.

— Mais si, j'en ai juste pour deux minutes.

— Arrête, c'est comme ça en permanence. Tu ne peux pas continuer ainsi. Tu as même mis de côté tous nos projets.

— De quels projets parles-tu ?

— Tu sais très bien ce que je veux dire.

— Arrête d'être mystérieux à cette heure tardive, je n'ai pas le temps, lui rétorquai-je sur un ton désagréable, sachant pourtant pertinemment ce qu'il allait me dire.

— Tu vois, c'est bien ce que je te disais, tu n'as plus le temps. Plus le temps pour nous.

— Oui, c'est vrai, je suis débordée, mais ça va changer, la pause estivale arrive.

— Et puis après, ça recommencera comme avant.

— Attends, pour toi, ce n'est pas mieux, tu es constamment en déplacement. Il n'y a pas que moi qui ne pense qu'au travail.

— Quelle mauvaise foi ! Tu retournes la situation contre moi, alors que rien n'a changé. D'accord, j'ai monté mon entreprise, je ne suis pas toute la semaine à tes côtés, mais quand je suis ici, tu n'y es pas. Certes, ton corps y est, mais ton esprit reste au ministère. Nous n'avons plus d'instants à nous. Finis les restaurants, les balades en amoureux, les soirées entre copains. Tu trouves toujours une bonne excuse. Ou alors il y a autre chose.

— Autre chose ? À quoi penses-tu ?

— Tu as quelqu'un d'autre ?

— Mais bien sûr que non, je suis outrée que tu puisses penser ça de moi. Je n'en reviens pas. En plus, je le caserais où dans mon emploi du temps ?

— Un argument qui fait mouche. Tu en voudrais un mais…

— Ne joue pas sur les mots, ce n'est pas du tout ce que je voulais dire. Pourquoi me soupçonnes-tu ?

— Vu les heures que tu passes au ministère, je m'interroge, c'est tout.

— Ma vie se résume au boulot, voilà tout.

— C'est bien ce que je cherchais à te faire dire.

— Tu as réussi. Que veux-tu que je fasse ? Que je démissionne ?

— Tu sais très bien que ce n'est pas ce que je te demande. Prends juste un peu de recul ou organise-toi différemment. Je ne sais pas, mais fais quelque chose avant que notre couple craque. Sur ce, je vais dormir. Travaille bien.

— Ne le prends pas comme ça, protestai-je en me dirigeant vers lui et en allant l'embrasser. Je vais essayer de faire des efforts. Pour toi, pour nous. Mais plus jamais tu ne me soupçonnes d'infidélité. Je suis droite et je t'aime trop pour ça.

— Il faudrait peut-être me le montrer plus souvent, alors.

Je laissai partir Romain dans la chambre. Énervée par la conversation, mais aussi angoissée par mes responsabilités du lendemain, je ne pouvais pas me coucher sereinement sans avoir terminé ma relecture. Je tournais les pages, pour autant je ne parvenais pas à me concentrer. Ses soupçons m'exaspéraient. Il m'accusait d'infidélité, n'importe quoi. Avec qui ? Martin ? Benjamin ? Baptiste ? Cette dernière idée me faisait rire. Heureusement, je n'étais pas rentrée dans la polémique. Et j'avais également évité le sujet sensible, notre projet secret, ou plutôt notre non-projet, puisque de toute façon rien ne se concrétisait. En attendant qu'il se calme, je me retrancherais dans le travail. Au moins, dans ce domaine, j'étais performante. Je songerais au reste, une fois ma réunion terminée.

Mais elle passa, puis une autre, puis un débat et rien d'autre. J'étais incapable de penser à mon couple. Je ne voyais pas ou ne voulais pas voir qu'il n'y avait plus d'échanges, plus de complicité. Les confidences se raréfiaient, j'allais plus en dire à Benjamin, que je côtoyais toute la semaine, qu'à mon mari. Cela montait en pression, cependant je ne réagissais pas. La seule solution que je trouvais était de me réfugier dans le boulot. Seulement, le week-end suivant, Romain me prévint qu'il resterait à Strasbourg, arguant d'un excès de travail. J'étais mal placée pour protester et lui faire la leçon, alors je me résignai, cela me ferait plus de temps pour songer à la requête du ministre. En effet, il avait demandé à tous ses conseillers de réfléchir à l'organisation d'une soirée en faveur de la recherche scientifique. Les plus grands noms seraient présents ainsi que les responsables et élus engagés dans ce domaine, alors il fallait un lieu prestigieux. La meilleure idée serait retenue. À la sortie de la réunion de cabinet, j'avais entendu Baptiste maugréer et rappeler qu'il était économiste, pas organisateur de soirée. La voix était libre, à moi de jouer et de trouver la formule gagnante qui convaincrait le ministre. De quoi m'occuper en l'absence de Romain. J'envisageai donc d'organiser la soirée dans les jardins du Muséum d'histoire naturelle de Paris. Auparavant, les invités visiteraient la grande galerie de l'évolution, qui venait tout juste d'accueillir une nouvelle espèce de mammouth. Un lieu magnifique et spectaculaire. L'architecture métallique avec les verrières mélangées aux boiseries mettait en valeur près de 7 000 spécimens plus vrais que nature. Impressionnant, c'est le sentiment qu'auraient nos invités. S'ensuivrait une réception dans le Jardin des plantes. Une soirée grandiose. Je récoltai un maximum d'informations, peaufinai mon plan jusque tard dans la soirée et déboulai le lundi suivant dans le bureau du directeur de cabinet avec mon projet ficelé. Il fut emballé. À tel point qu'il prévint le ministre dans la foulée, lequel prit la peine de venir dans mon bureau pour m'annoncer qu'il retenait mon idée, les autres propositions n'ayant pas la même envergure que la mienne. J'avais remporté le challenge. En rentrant le soir chez moi, la tête dans les étoiles, j'étais au paroxysme du bonheur. Dans un état tel que je ne m'aperçus même pas que Romain était là.

— Qu'est-ce qui te met en joie ?

— Tu es rentré ! J'ai une super nouvelle à t'annoncer. *(Je ne lui laissai même pas le temps de me dire bonjour.)* Le ministre a choisi mon projet, tu sais, pour la fameuse soirée, te rends-tu compte ? C'est extraordinaire, moi qui travaille depuis des mois comme une folle. Il est venu m'en aviser en personne. Ah, tu aurais dû me voir, j'étais fière !

Comme il ne réagissait pas, j'ajoutai :

— C'est grâce à toi aussi, comme tu n'étais pas là ce week-end, j'ai mis les bouchées doubles.

— Tant mieux pour toi, tu m'en vois ravi.

— C'est tout ce que tu trouves à dire ?

— Oui, pour quelqu'un qui passe son week-end à travailler plutôt qu'à sauver son couple, c'est parfait. Heureusement que tu réussis quelque part.

— Comment ça ? Tu veux dire que je rate autre chose ?

— Tout à fait. Ta vie de couple ?

— Soudain, mon euphorie disparut, laissant place à la sidération.

— Mais je te l'ai dit, ça va aller mieux.

— Oui, mais je ne te crois plus. Tu t'enfermes dans ton boulot où tu excelles, tu es épanouie, et c'est très important, je trouve. Mais regarde-nous, nous ne sommes plus un couple. On vit chacun de notre côté, y compris le week-end. Ce n'est plus possible. Je pensais que tu aurais réfléchi.

— C'est pour ça que tu es resté à Strasbourg ?

— Tout à fait, je croyais que ça te ferait un électrochoc, eh bien non, c'est tout le contraire, tu n'as fait que bosser. Tu ne t'es pas posé de questions, tu n'en as même pas eu l'idée, cela montre à quel point c'est grave.

— Ah bon ?

— Et notre projet de bébé ?

— Nous y voilà ! Je n'y peux rien, si ça ne fonctionne pas. Qu'est-ce que tu veux que j'y fasse ? De toute manière, je n'ai pas la place et pas le temps pour un bébé, en ce moment. Attendons que ma période en cabinet ministériel soit finie.

— Tu n'en as plus envie, finalement.

— Non, ce n'est pas ça. Un bébé, c'est des contraintes, et pour l'instant je ne suis pas prête à lâcher mon poste pour ça. Comment ferions-nous ? Il faut être présent, s'occuper d'un bébé. Rentrer tôt pour le reprendre à la crèche ou à la nounou, lui donner le bain, lui donner à manger, et c'est sans compter les nuits blanches, au début. Il se réveille la nuit et pleure. Je ne pourrais pas assumer mes journées de travail si je suis exténuée. Je risquerais de perdre patience. Non, je ne suis actuellement pas prête à avoir un bébé.

— Tu ne veux plus d'enfants ?

— Si, bien sûr. Mais plus tard. Et puis, de toute façon, ça ne prend pas !

— Tout le problème est là, Camille, tu ne veux pas ouvrir les yeux. Tu fuis, tu te réfugies derrière tes responsabilités professionnelles et refuses de voir la réalité en face. Nous avons un problème pour avoir des enfants.

— N'importe quoi ! Je n'ai pas la tête à ça en ce moment, c'est tout.

— Mais bien sûr, toi qui achetais des dizaines de tests, qui regardais avec envie des femmes enceintes, qui jalousais le bébé de ta sœur, tu vas me faire croire que ça ne t'intéresse plus !

— C'est compliqué.

— Rien n'est compliqué. Combien de femmes travaillent tout en ayant un enfant ? C'est un prétexte bidon.

— Oui, tu as raison, mais si ça ne fonctionne…

— C'est peut-être qu'il faut faire quelque chose, aller consulter, me coupa-t-il, excédé par mon entêtement. Tu as juste peur de l'échec.

— Moi ? Pas du tout.

— Arrête ! Regarde, dans ton boulot, vous vous tirez la

bourre avec Baptiste, et dès que tu échoues, tu t'écroules, heureusement que Benjamin et moi sommes là pour te remonter le moral.

— Oui, mais en ce moment, je suis plutôt au top.

— J'ai bien remarqué que, dans ce domaine, tu te donnais les moyens. Alors donne-les-toi pour nous, pour notre couple, sinon tu vas tout gâcher.

— C'est-à-dire ?

— Je ne vais pas rester à te regarder t'enfoncer dans le déni. Dès que tu es devenue conseillère, tu as abandonné l'idée d'un bébé. Et pourtant, je te voyais bien quand on se promenait, il y a bien longtemps, tu disais espérer, tu te projetais, et maintenant plus rien.

— Mais je ne veux pas renoncer à mon poste. Comme disent Alice et mes parents, ce serait tellement dommage.

— Tu ferais bien d'écouter ton cœur plutôt que tes parents. Je sens bien ton malaise, depuis un an. Tu as la tête dans le guidon car tu ne veux pas affronter la réalité.

— Et puis si je vais consulter et que finalement il y a vraiment un problème ?

— Premièrement, tu n'en sais rien, et deuxièmement, nous ne serions pas les premiers à rencontrer des difficultés. Des solutions existent.

— Mais je n'ai pas envie de rentrer dans des protocoles médicaux, des tests, des analyses…

— C'est comme pour le reste, tu ne veux pas d'aide.

— Disons que je préfère faire les choses seule.

— Comme toujours ! Réfléchis à ce que tu veux vraiment, Camille. Nous ne sommes pas obligés d'avoir des enfants, certes, j'en veux, mais si tu n'es pas prête, j'en conviendrai. Mais avant tout, prends du temps pour nous. Il faut que j'y aille, j'ai un dîner professionnel. Je rentrerai tard et je repars demain. Tu as quelques jours pour essayer d'y voir clair, sinon…

Il ne finit pas sa phrase. En arrivant, mon enthousiasme m'avait empêchée de remarquer qu'il avait mis sa veste et s'apprêtait à partir. Il était simplement passé me voir, voir si j'avais pris conscience qu'il s'éloignait, que notre couple se délitait et que les non-dits nous rongeaient. Je n'avais rien voulu admettre. J'étais une guerrière, une combattante. Depuis que j'étais jeune, je réussissais tout. Je maîtrisais tout et ne laissais rien au hasard. Alors avouer que nous avions un problème semblait impossible pour moi. Échec rimait avec faiblesse. Pour autant, mon couple traversait une crise. Je devais débloquer cette situation, sous peine de voir mon mariage s'effondrer.

7

— À ta future promotion ! me lança Alice.

— Ne t'emballe pas. Ce n'est pas parce que je t'ai dit que le poste de chef de cabinet se libérait que ce sera pour moi.

— Ouvre les yeux, tu cartonnes, le ministre est plus que satisfait de tes résultats, tu apparais comme la candidate idéale.

— Tu oublies Baptiste !

— Oublie-le, justement ! De toute façon, il est sur le banc de touche.

— Apparemment, c'est ce que m'a confié Sophie, mais je me méfie.

— Sophie est dans les petits papiers du ministre, si elle dit qu'il pense à toi pour le poste, c'est qu'elle ne l'a pas inventé.

— Et puis je n'ai rien dit à Romain.

— Oui, mais tu te rattraperas, il n'avait qu'à être là. Où est-il, d'ailleurs ?

— Oh, on s'est un peu pris le bec.

— Ah bon ? Pourquoi ?

— Parce que je travaille trop, justement !

— Il a intérêt à s'habituer, car ça ne va pas se calmer.

— La question est là aussi. On aimerait fonder une famille.

— Je vois que tu choisis le bon moment.

— Ce n'est jamais le bon moment, après il y a les élections, il faut que je me recase, puis quand j'aurai un nouveau poste, je n'oserai pas.

— Je t'arrête tout de suite. Tu connais le syndrome de la préoccupation maternelle primaire ?

— Non, pas du tout.

— Eh bien, tout au long de la grossesse, la future maman développe une sensibilité particulière et se tourne progressivement vers son bébé pour arriver au maximum au moment de la naissance, elle lui accorde une extrême attention jusqu'à adopter un état de repli.

— Non, mais tu exagères un peu. C'est un état qui ne dure pas.

— Oui, mais la conclusion, c'est quand même que tu risques d'avoir du mal à te concentrer ! Alors, si jamais tu deviens chef de cabinet pour quelques mois, cela va être compliqué à gérer.

— Attends, il faut que j'obtienne le poste et que je sois enceinte, pour l'instant, il s'agit seulement de suppositions. Sinon, toi, comment ça va ? Tes recherches ?

J'avais brutalement changé de sujet. Alice m'avait stressée avec ses remarques de psychologue. Depuis quand était-elle une experte en maternité ? J'avais eu envie de fêter mon succès au ministère, mais pas de polémiquer sur une éventuelle grossesse. Alice, toujours partante pour sortir de sa bibliothèque et s'aérer l'esprit, m'avait rejointe dans un bar, rue des Cannettes. Qu'est-ce qui m'avait pris de lui parler de mes problèmes ? Je connaissais son point de vue : le travail avant tout. Le reste suivrait. Cet adage n'était pas toujours vrai. La preuve, Romain ne voulait plus suivre. Je le savais. Et pourtant, au cabinet, le bruit courait que j'étais la prochaine chef. L'actuel se présentait aux élections et ne pourrait donc plus assurer pleinement ses fonctions. Le ministre ne pouvait rester avec un poste vacant, même si c'était juste pour quelques mois. La place était convoitée par les conseillers, car c'était un tremplin idéal pour ensuite retrouver un poste après les élections. Après mon succès, j'étais en tête de liste. Sophie avait confirmé mes espoirs en me confiant que le ministre pensait à moi. J'attendais cette nomination comme une reconnaissance de mon implication. Je l'attendais mais je la redoutais aussi. Que se passerait-il, une fois dans la place ? Encore plus de don de soi ? Encore plus de sacrifices ? Que deviendrait ma vie privée déjà bien désastreuse ? J'en venais presque à envier cette légèreté qu'ont les hommes. Ils ne portent pas la vie et ne se retrouvent donc pas écartelés entre travail et grossesse.

Le lendemain, je repartis au front comme si de rien n'était. Pourtant j'étais déchirée. Et Romain avait mis le doigt sur cette plaie. J'essayais tant bien que mal de l'ignorer, mais elle restait ouverte depuis quelques semaines. Pour autant, j'avais appris à faire avec. En arrivant au ministère, je revêtais le masque, celui de la femme carriériste, qui ne laisse rien passer, qui ne ménage pas ses efforts, à qui tout réussi et qui a tout autant sa place qu'un homme. Auprès de mes collègues, j'avais à cœur de ne rien laisser paraître. J'essayais de prendre sur moi. Depuis quelque temps, je sentais que j'étais à deux doigts de m'effondrer. Baptiste me surprit à ce moment-là.

— Qu'est-ce que c'est que ce foutoir, Camille ?

— Euh, attend, laisse-moi t'expliquer, ah, voilà, je l'ai retrouvé.

— Qu'est-ce qui te met dans un état pareil ?

— Rien, c'est juste que je veux absolument traiter le dossier de l'élu qui cherche un financement pour son centre de recherche maritime.

— Oui, le député breton. Le directeur de cabinet m'en a également parlé.

— Ah bon ? Pourquoi ?

— Pour la partie financement. Hou ! Hou ! Camille ! Pour quoi d'autre, sinon ?

— Évidemment, suis-je sotte !

— Tu m'as l'air bien perturbée. On peut gérer le dossier ensemble, puisque je vais devoir l'analyser, autant le faire à deux.

— Si tu veux.

Comment avais-je pu imaginer en quelques secondes que le directeur de cabinet, en me croisant ce matin, m'avait trouvée bizarre et avait par conséquent envoyé Baptiste en reconnaissance ? N'importe quoi. Je m'étais ressaisie mais trop tard. J'avais accepté la proposition de mon collègue sans vraiment y réfléchir. Je ne pouvais plus reculer ou inventer un prétexte bidon. J'allais assumer mon imprudence. Nous travaillâmes donc main dans la main pendant deux jours. Baptiste était très à l'écoute, acceptait toutes mes propositions. Je n'aurais jamais imaginé qu'on puisse former une bonne équipe. Le directeur de cabinet nous félicita même en réunion. Finalement, Benjamin avait raison, notre collègue n'était pas si malveillant. Sous son air hautain et en totale maîtrise, il ne cherchait que le meilleur pour le ministre et les élus. C'est ainsi que je baissais la garde. Baptiste m'amena, sans que je n'y prête attention, à des confidences que jamais je n'aurais pu faire quelques semaines plus tôt. Alors qu'il me parlait de ses deux enfants, il me demanda si j'en avais.

— Ça ne risque pas.

— Ah bon ?

— Tu ne veux pas d'enfants ?

— Je ne sais pas.

— Pourquoi ? Ton mari en veut ?

— Oui, enfin encore faudrait-il qu'il revienne.

— Il est parti ? C'est pour cela que tu es si tendue, ces derniers jours ?

— Exact.

— La crise est grave ?

— Je ne sais pas encore. Je ne pense pas. On verra ce week-end.

— Quel est le problème ?

— Il trouve que je travaille trop et que…

— Et que tu n'as pas de temps pour lui, et encore moins pour faire un enfant.

— C'est ça, comment le sais-tu ?

— Parce que j'ai vécu la même chose avec ma femme. Sauf qu'elle ne travaillait pas en politique, ce qui facilite les choses. Mais moi, je peux t'aider.

— Comment ça ?

— Eh bien, disons que tu peux compter sur mon soutien ou mon aide si tu en as besoin. Regarde, cela s'est très bien passé, notre collaboration, on forme une bonne équipe, tu ne trouves pas ?

— Si, bien sûr.

— Je pourrai t'épauler pendant ta grossesse, si tu as besoin.

— Tu sais, ce n'est pas encore pour tout de suite.

— Bah, ne tarde pas. Et puis, si vous voulez ça tous les deux, qu'est-ce qui te retient ?

Je ne répondis pas, je réalisai tout à coup que je m'étais laissé embarquer sur un terrain glissant. Comment avais-je pu être aussi négligente ? Moi qui avais toujours eu à cœur de construire un mur entre mes deux vies. Je n'en pouvais plus, de garder tout ça pour moi. Pourquoi avoir craqué auprès de mon collègue ? Peut-être parce que la pression était si forte, côté travail, que j'avais lâché de l'autre. Trop tard. Le mur se fissurait. L'eau s'infiltrait subrepticement. Sans faire de bruit. Un jour, l'édifice s'effondrerait. Une semaine que Romain était parti, et je n'en pouvais plus. Je n'avais pas réussi à le joindre. Il restait silencieux. Il ne répondait pas à mes appels ni à mes textos. Pour me faire comprendre. Pour me faire réfléchir. C'était gagné. À tel point que j'avais lâché la bombe à Baptiste. Ce dernier n'avait pas vacillé, m'avait écouté et m'avait même offert son aide. Un scénario presque trop parfait. En rentrant chez moi, j'avais le moral dans les chaussettes. Je sentais que j'avais commis une erreur, alors je pris conseil auprès de Stella. Elle me rassura en me disant de rester sur le qui-vive et, évidemment, de repousser au maximum les avances de mon collègue.

— Pourquoi compter sur lui ? Tu sais très bien que c'est assez louche de sa part. Et puis, depuis quand une femme enceinte est-elle moins performante ? Pourquoi aurais-tu besoin de lui ? D'où tiens-tu cette théorie ?

— Stella, tu sais très bien, comme moi, qu'une grossesse n'est jamais bien accueillie ! On va me trouver fatiguée, on va m'enlever des dossiers.

— Ah, non, Camille ! À toi de montrer que ce n'est pas parce que tu es enceinte que tu as perdu tes neurones. Et ce n'est pas à ton employeur de supposer pour toi. De supposer que tu ne voudras pas plus de responsabilités car tu seras maman.

— Bah, tu rêves d'un monde idéal !

— Si personne ne bouge, rien ne changera jamais.

— Concilier vie pro et maternité, l'éternelle aliénation de la femme. Le fait est que devenir parent ne sera pas neutre sur ma vie professionnelle.

— N'importe quoi, c'est à nous de faire changer les mentalités. C'est de la responsabilité sociétale des entreprises de soutenir la parentalité. Maternité ou carrière ne doivent pas être un choix exclusif. O.K., tu composeras avec un agenda bien rempli, et alors ? Maternité et promotion professionnelle doivent pouvoir aller de pair. Nous n'avons pas à choisir, on doit réussir à s'organiser, à combiner le tout. Pourquoi te mettre des freins ? Tu ne vas quand même pas renoncer à ton projet d'enfant à cause de ton boulot ?

— De toute façon…
— De toute façon quoi ?
— Rien, rien, je vais réfléchir à tout ça.

Je ne dis pas à ma meilleure amie que faire un enfant n'était pas si simple, que depuis des semaines je me doutais d'un problème et que je devrais probablement consulter. Je repoussais l'échéance, par angoisse, par peur du résultat, par manque de temps parce que je travaillais beaucoup pour oublier. Au fond de moi, je savais que j'avais envie d'un enfant, d'une famille comme celle que j'avais dessinée, petite. Ce dessin qui me suivait partout depuis mon enfance. Mon marque-page préféré. Je l'avais longuement regardé, la veille au soir, après voir dévoré quelques pages de mon livre préféré. Je m'étais imaginée avec un homme et une tripotée d'enfants, j'en comptais huit au total, devant une grande maison toute colorée. De là à en avoir autant dans la vraie vie, j'en doutais.

Alors que j'avais raccroché avec Stella et que je restais dans mes pensées, la sonnette de l'interphone retentit. Ma sœur. Mon neveu. Ils étaient passés à la trappe. J'avais complètement oublié que Romain et moi devions garder le petit tout le week-end. Je n'en dis mot à Zoé, elle l'aurait mal pris. « Tu sauras faire ? » me lança-t-elle, sceptique. Il était petit, Louis. Un an. Il faudrait se lever la nuit s'il pleurait, le bercer, le changer, le laver. Zoé me laissa un papier long comme le bras avec toutes les recommandations à suivre. Il atterrit dans ma poche et y resta les deux jours. Je m'empressai d'écourter les embrassades, les au-revoir et d'attraper mon neveu et le sac à langer. Il dormait comme un ange dans sa poussette. Je mis ma sœur à la porte, de peur qu'il ne se réveille et qu'il hurle en la voyant repartir. Un petit, tout à moi pour un week-end. De quoi raviver mon instinct maternel.

Deux heures plus tard, Louis pleura. Tout à coup, ses joues devinrent rouges de colère. Les larmes coulaient à flot. Je le pris dans mes bras pour le rassurer. Il s'accrocha à mon cou avec ses petites mimines pour un câlin. Le temps se suspendit littéralement. Je le cajolai longuement, il se calma. Puis je me levai pour lui préparer son biberon. Ses petits yeux bleu-gris si doux faisaient le tour de la pièce, à la découverte d'un endroit familier mais peu habituel pour lui. Il vit le lait et s'excita, de joie ou d'impatience, il voulut même l'attraper. Je m'assis confortablement sur le canapé et je pris le temps pour Louis. Ses mains s'agrippèrent au biberon et à mes doigts. Il me regardait fixement, tout en dévorant. J'avais une tendresse toute particulière pour lui. C'était le premier enfant de la famille, le seul pour le moment. Je n'avais jamais eu à m'occuper d'un bébé auparavant. Avoir Louis dans mes bras réveillait mon envie étouffée depuis plusieurs mois. En l'observant, je m'imaginais avec le mien. Avec le nôtre. J'aurais tellement voulu voir la tête de Romain quand il rentrerait. Seulement, je m'étais assoupie en même temps que Louis, repu par son biberon et lové contre ma poitrine. Quand j'ouvris les yeux, Romain se tenait là, devant moi, le regard attendri par l'image que ce bébé et moi renvoyions.

8

Pour la première fois depuis de longs mois, je me sentais heureuse et apaisée. Je savais enfin ce que je voulais : passer outre mes angoisses, avoir un enfant et mener ma vie professionnelle de front. Carrière ou bébé ? Je choisissais les deux. J'avais au fond de moi l'envie de concrétiser ma relation avec Romain. Je sentais que je voulais aimer et être aimée par un petit être. J'avais envie de lui transmettre ma culture, mes valeurs, mes idées, mes croyances, ma joie, ma tendresse, mes émotions. Je me sentais prête, prête à fonder une famille, à l'image de notre joli couple. D'ailleurs, Romain m'avait manqué, et je lui avais manqué aussi. J'avais eu l'impression d'avoir un poids sur le cœur toute la semaine. Je n'avais pas arrêté de penser à lui. J'avais besoin de retrouver mon bien-être amoureux. Le revoir me redonnait le sourire et me rendait tout à coup plus légère, plus joyeuse, plus heureuse. Je n'avais aucun doute sur mes sentiments pour lui et mes envies. Me pousser dans mes retranchements m'avait permis d'y voir plus clair. Romain le savait, il me connaissait par cœur. Mon regard s'illuminait à nouveau. Les petites étoiles tantôt effacées réapparaissaient. Mes pommettes devaient être rouges d'émotion. Ce soir de retrouvailles, nous parlâmes longuement en portant Louis à tour de rôle. Il semblait ravi d'être avec nous. C'est à ce moment-là que je réalisai que j'aurais pu passer à côté de quelque chose qui semblait être une belle histoire. Pendant une semaine, j'avais repensé à tous nos moments passés ensemble et j'avais fini par me rendre à l'évidence : Romain avait raison, je devais prendre rendez-vous avec mon médecin. Certes, je n'étais pas très à l'aise avec le milieu médical, mais un check-up s'imposait.

J'obtins de la voir quinze jours après. Elle ne parut pas inquiète. Elle m'expliqua qu'il fallait, selon les cas, du temps pour concevoir un bébé. Elle me proposa de lever mes inquiétudes en faisant quelques vérifications. Nous avancerions progressivement, examen par examen, analyse par analyse. Romain se soumit à tous les tests sans rechigner. Il prenait cette période assez difficile pour notre couple avec humour. J'aimais sa façon de réagir. Ne pas se prendre trop la tête, c'était très important. Toutes ces étapes auraient pu paraître tue-l'amour, mais non, elles allaient juste pimenter nos étreintes, voilà ce qu'il pensait. À nous d'en faire un jeu et non une contrainte. Pour cela, je pouvais avoir confiance en lui et son imagination. Je restais tout de même contrariée par ces nouvelles obligations. À chaque étape, je me disais que quelque chose avait été débloqué et je fondais beaucoup d'espoirs. J'étais devenue très forte en calcul ! J 26, 27, 28… Je comptais les jours pour faire un test de grossesse. Je n'eus malheureusement pas l'occasion de m'en servir au cours des mois suivants. Je crois que le mot « attendre » avait fait son apparition insidieusement dans notre quotidien. Attendre J28. Attendre 3 minutes le résultat du test de grossesse. Attendre celui de la prise de sang. Attendre le rendez-vous avec tel médecin. Quand un couple désire un bébé, il n'a pas envie d'attendre, si ce n'est neuf mois. Et comme si je n'avais pas assez de pression, autour de moi on ne cessait de me poser la question : « Alors, pas de bébé ? » Ils trouvaient que ça faisait long. « Pour moi aussi, c'est long », avais-je envie de répondre. Mais je mentais en disant que nous prenions notre temps, que nous profitions de la vie à deux, que le travail nous absorbait. Je trouvais toujours un argument pour esquiver toute discussion. Aucun de mes proches, ni mes parents, ni Alice, ni même Stella, n'était au courant de nos petites difficultés. Je pensais d'ailleurs que le mot « difficultés » n'était pas approprié, puisque aucun problème n'était jusqu'à présent identifié.

Heureusement, Stella et Matt venaient pour une petite virée parisienne. Nous allions parler et penser à autre chose. Le week-end s'annonçait sous les meilleurs auspices. Peut-être aurais-je envie de me confier à ma meilleure amie ? Je ne savais pas encore. Nous ne les avions pas vus depuis quelques mois, et la semaine précédente, j'avais senti au téléphone qu'elle me cachait quelque chose. Une bonne nouvelle ? Ma curiosité allait vite être satisfaite. Évidemment, je commençai par scruter son ventre à son arrivée chez nous, ensuite au restaurant, puis en boîte de nuit. Elle avait une robe ultramoulante. Non, définitivement non, il n'y avait pas l'ombre d'un petit ventre caché. J'en eus la certitude lorsqu'elle vida son verre de vin d'un trait, puis ses shots de vodka. En tout cas, ma Stella était en grande forme, et c'est en titubant que nous rentrâmes tous les quatre, après notre virée nocturne, pour cuver jusqu'au lendemain. Pour finir le week-end en beauté, Stella avait réservé un brunch au Brooklyn, un restaurant branché du Marais qui venait d'ouvrir. J'en avais entendu parler, mais je n'avais pas encore eu le temps de le tester. Une Américaine avec un excellent français nous dirigea vers notre table. Une fois que nous fûmes assis, les formalités passées, je pus enfin observer ce curieux endroit.

— C'est excellent, Stella, j'adore ! On se croirait à New York ! Tout y est, le pont suspendu, la vue sur les *skylines*, le comptoir en forme de *food truck*, les fresques de *street art*…

— Justement, on vous a emmenés ici parce qu'on a une nouvelle à vous annoncer, enchaîna Matt !

— On part à New York pour au moins deux ans ! enchaîna Stella, lui grillant la priorité.

— Ouah ! Génial ! Félicitations ! dit Romain, en levant son verre.

— C'est top ! Bon, c'est plus loin que Bruxelles, mais c'est top quand même ! ajoutai-je à mon tour.

— Je sais, ma chérie, dit Stella en se levant et en venant me faire un petit câlin comme à son habitude *(ça me manquait)*. Vous viendrez nous rendre visite.

— Avec plaisir ! la rassurai-je en lui rendant son étreinte.

— Allez, santé, les amis !

Nos verres posés, Matt nous expliqua que la banque pour laquelle il travaillait lui avait proposé un poste aux États-Unis. Non seulement l'idée de partir en expatrié lui plaisait, mais il ne pouvait pas refuser, depuis le temps qu'il le demandait. Quant à Stella, elle venait juste de passer un entretien à Paris pour la délégation de l'Union européenne auprès des Nations unies.

— Au fait, vous partez quand ?

— Matt doit démarrer en septembre, mais on aimerait trouver un appart avant l'été, afin de s'installer tranquillement et, pourquoi pas, de se faire un petit périple américain juste avant.

— Quel programme ! C'est excitant, tout ça. De nouveaux postes, une nouvelle ville… une belle expérience. Je suis contente pour vous.

Voir Stella et Matt aussi radieux et fourmillant de projets me donna de l'entrain. L'énergie positive était contagieuse, et cela me faisait du bien. Je ne voulus pas gâcher leur annonce en leur parlant de nos analyses médicales. Quand ils nous demandèrent des nouvelles, je revêtis mon masque de la femme souriante qui va pour le mieux, qui gère parfaitement sa vie privée et sa vie de *working girl* débordée. Faire illusion, rester maîtresse de la situation, je savais bien faire, dans la vie privée comme dans la vie professionnelle.

Au ministère, je n'avais pas une minute pour penser à mes problèmes. L'équipe était aux aguets. Je n'entendais plus parler du poste vacant de chef de cabinet. L'actuel était toujours en place tant que la campagne n'avait pas démarré, et le ministre avait d'autres préoccupations, puisque la fronde commençait à gronder au niveau des chercheurs mécontents de leur statut trop précaire. Il fallait absolument calmer les esprits avant les élections. J'avais pour mission de gérer des élus et je devais faire face à un afflux d'appels téléphoniques. Une fois de plus, c'était ce que je m'apprêtais à faire en retournant à mon poste, lorsque je surpris mon collègue.

— Sors de là ! ordonnai-je à Baptiste, sidérée de le voir assis à mon bureau, téléphone en main.

— Ça n'arrêtait pas de sonner, je viens de raccrocher avec le rapporteur du projet de loi recher…

— Quoi ? Mais fais comme chez toi, je t'en prie !

— T'inquiète, j'ai temporisé, il était très inquiet quant à la possibilité d'une grève. Il n'arrivait pas à joindre le ministre, il a pensé à toi. Tu as dû lui donner ta ligne directe.

— Oui, je ne sais plus, oui, peut-être pendant les débats sur le projet de loi. Mais là n'est pas la question, tu n'as pas à répondre à mon téléphone.

— J'étais de passage, j'ai voulu te rendre service. Tu imagines, s'il avait dit au ministre que tu ne lui répondais pas ? De toute façon, je l'ai assuré que je te passais le message et que tu allais le rappeler.

— Ah, c'est bien, ça, bougonnai-je, un peu énervée par le comportement de Baptiste mais finalement réaliste quant à l'impatience des élus qui veulent une réponse instantanée.

— Tu vois, je n'ai rien fait de mal, si ce n'est le calmer. Il pensait qu'on ne réalisait pas l'ampleur du problème, alors que c'est tout le contraire.

— O.K. O.K. Je vais le rappeler. Merci.

— De rien. Avec plaisir. Le sauveur a encore frappé ! ajouta-t-il en mimant une révérence.

Baptiste sortit de mon bureau avec un grand sourire. Comment avait-il réussi à retourner la situation à son avantage ? J'étais arrivée en colère contre lui, et il repartait avec mes remerciements. Décidément, il avait plus d'un tour dans son sac. Mais il aurait été difficile de faire autrement. Les élus avaient ce don de vouloir tout, tout de suite. J'en avais fait les frais, une fois, lorsque l'un d'entre eux avait signalé au ministre qu'il n'avait pas réussi à me joindre. Quel embarras. Depuis, je me faisais un point d'honneur d'être joignable à tout moment et je n'hésitais pas à donner mon numéro direct. C'était un soulagement que Baptiste ait répondu à ma place. Cependant, je trouvais qu'il prenait de plus en plus ses aises avec les élus. Je me devais de rester méfiante, même si tout le monde, au cabinet, Benjamin le premier, trouvait que nous formions une équipe de choc. Nous traitions les dossiers rapidement. Un des seuls vrais avantages que j'y trouvais était que cela me ménageait plus de temps pour ma vie privée, et j'en avais bien besoin, face au nombre de tests, d'examens et d'analyses à caler.

Six mois. Il fallut plus de six mois pour obtenir un premier verdict. J'étais bien loin des sujets économiques, sociaux, environnementaux ou judiciaires du ministère. Et pourtant, c'était dans mon bureau que j'appris la nouvelle. Ce jour-là, j'avais essayé d'appeler plusieurs fois le cabinet médical pour avoir les résultats des derniers tests. Autant dire qu'en fin d'après-midi, quand je vis le numéro du docteur s'afficher sur mon téléphone, j'étais fébrile. Je décrochai rapidement.

« Camille, j'ai les derniers examens sous les yeux. »

Blanc. J'entendais seulement le bruit des pages qu'elle devait être en train de tourner. Mon ventre se nouait. Ma gorge se serrait. J'étais toujours assise à mon bureau, vue sur le Panthéon, le téléphone à la main.

« Cela va être compliqué, très compliqué. »

Compliqué. Elle avait dit compliqué. Ce mot avait retenu toute mon attention, presque trop, finalement. Je n'écoutais plus. Je voyais mon envie de bébé s'éloigner. Je me contenais comme je pouvais pour continuer la conversation, mais je sentais le chagrin m'envahir progressivement.

— Camille, vous m'entendez ?

— Oui, oui, balbutiai-je tant bien que mal.

— En fait, il y a une incompatibilité entre vous et votre mari.

— Une incompatibilité ? Mais nous n'étions pas dans un jeu télévisé. Comment était-ce possible ? Elle poursuivit.

— La seule chose que je vois est la procréation médicale assistée. Je vais vous envoyer voir un de mes collègues spécialiste. Vous y allez avec toutes vos analyses, comme ça, il aura tous les éléments. Surtout, ne vous découragez pas ! Vous allez y arriver, il y a toujours des solutions, les IA, la PMA…

Des sigles et des concepts qui ne m'étaient pas familiers. Pas encore. « Insémination artificielle », « procréation médicalement assistée », cela restait des termes flous, réservés à d'autres, des termes renvoyant à des situations que l'on ne souhaite jamais vivre soi-même. Je raccrochai, le cœur gros. La vue trouble, je me levai pour fermer discrètement ma porte, histoire que personne ne vienne me déranger. Je me rassis à mon bureau, la tête entre les mains. J'avais besoin d'évacuer ce chagrin. Ce que je fis, discrètement. Il ne fallait surtout pas que mes collègues remarquent quoique ce soit. Je ne voulais ni question ni pitié.

Quelques minutes après, j'essuyais mon visage et pris la souris de mon ordinateur, à la recherche de renseignements, de témoignages. Terrible erreur. Ce n'est pas de l'espoir que je trouvai mais du désespoir. Ne jamais regarder sur Internet. Je le savais pourtant, mais comment résister à cette information facile, gratuite, à portée de main ? Évidemment, sorte de télépathie ou pas, Romain appela à ce moment précis. Devais-je répondre ? Le connaissant, il devinerait tout de suite que quelque chose se passait. Je décidai pourtant de décrocher.

— Tu es encore au boulot ?

— Oui.

— Oh, ça ne va pas, toi !

Bingo ! Que je le dise maintenant ou tout à l'heure, cela changerait quoi ? Je lâchai le morceau.

— En fait, j'ai eu les résultats.

— À ta voix, je me doute qu'ils ne sont pas bons.

— Plus ou moins. Enfin, pas trop mauvais. Elle m'a juste dit que nous étions certainement incompatibles.

Non, non, il ne fallait pas que je pleure. La voix un peu brouillée, j'enchaînai.

— Bref, elle m'a dit que cela allait être compliqué. Elle nous envoie vers un spécialiste. Il y a des solutions.

— Ouais, enfin, on verra. On en parlera tout à l'heure. Il faut que je te laisse.

— Tu es où ?

— J'ai fini mon rendez-vous. On se retrouve à la maison dans une heure, on dîne avec tes parents, tu te rappelles ?

— Je n'ai pas trop envie d'y aller, là.

— On ne va pas annuler au dernier moment, tu vas dire quoi ?

— Rien, surtout rien ! m'emballai-je.

— Donc on y va.

— O.K., alors rendez-vous à la maison.

Je me résignai, car je ne voulais rien dire à mes proches et je n'avais aucune excuse valable à avancer pour notre absence.

Finalement, Romain ne rentra pas tout de suite. Il avait certainement appelé ses copains pour aller boire un verre. C'était sa façon à lui de digérer l'information. Quand il arriva enfin, il me dit qu'il avait lavé la voiture. Je ne le crus pas une seconde, mais je m'en moquais. Il fallait qu'on parle. J'étais devant la fenêtre, je regardais les gens dans la rue. Certains rentraient chez eux, une sacoche de travail à la main, un sac de courses dans l'autre, des gamins qui les tiraient pour aller plus vite. Ils passaient sans la voir, sans la regarder. La Grande Dame. À croire qu'ils étaient blasés. Tous les jours, ils passaient devant car ils habitaient dans le quartier, mais ils ne prenaient pas le temps de l'admirer. Par habitude. Pour eux, c'était un jour comme un autre. La routine.

Pas pour moi.

— Ca va être compliqué, commençai-je le dos tourné. Je me réfugiais derrière le mot du médecin. Je ne trouvais pas d'autres façons d'aborder le sujet.

— Je sais, renchérit Romain.

Il s'approcha de moi, me prit avec tendresse dans ses bras et me serra fort. Je m'aperçus qu'il avait le dessous des yeux légèrement gonflé, signe que lui aussi avait eu son lot de gouttes salées. La tête contre son torse, je ressentais toute son émotion, même s'il ne disait rien. Ce qui eut pour effet de me faire lâcher prise. Mes yeux débordèrent encore une fois de larmes. Il me releva légèrement le menton.

— Regarde-moi. On va y arriver, tu m'entends ! me dit-il d'un ton rassurant. On va rester positifs et on va y arriver, même si c'est difficile.

Silence. Il me fallut quelques minutes pour répondre, alors que je m'apaisais progressivement. Je repensais aux témoignages que j'avais lus quelques heures auparavant. Une femme racontait qu'elle était intimement persuadée que son attitude de battante l'avait beaucoup aidée dans son combat pour avoir un enfant. Je me dis que oui, Romain avait raison. Il fallait y croire. Alors je me ressaisis.

— Y a intérêt ! On va réussir à le faire, ce bébé ! Réussir ! criai-je. Ma réaction déterminée lui arracha un sourire.

— Je vais déjà prendre rendez-vous avec le médecin qu'elle nous a conseillé, et on verra. Je n'ai pas pu appeler, c'était trop tard. Mais, euh, je me demandais… la procréation médicale assistée, tout ça, tu en penses quoi ?

Il fallait que je sache, alors je tâtai le terrain.

— On va prendre notre temps, on va y aller progressivement. Si c'est la seule option, eh bien, on le fera !

— Et si cela ne fonctionne pas ?

— Il faut toujours que tu mettes la charrue avant les bœufs ! me taquina-t-il. Voyant mon air expectatif, il lâcha.

— Sinon… sinon… euh… on adoptera ! C'est ça que tu veux entendre ?

En guise de réponse, je le serrai plus fort. Ouf ! Nous étions bien sur la même longueur d'onde. J'avais tout à coup ressenti ce besoin d'aller le plus loin possible dans nos hypothèses. J'étais apaisée de savoir qu'au fond du couloir un peu sombre une porte restait ouverte.

Il était déjà 19 heures. Petites retouches de maquillage, et nous filâmes pour arriver à l'heure au restaurant, où ma famille nous attendait. Cette petite guinguette en bord de Seine semblait tout droit sortie d'un tableau de Renoir, avec un côté moderne, un *rooftop* verdoyant flottant au-dessus de l'eau. Ce cadre plein de fraîcheur eut le don de nous faire oublier les embouteillages du périph, les collés-serrés du métro, les gens pressés qui vous bousculent. Bref, le stress de la vie parisienne et du quotidien. Pour autant, je restais tendue, et le dîner me parut long, très long. J'étais totalement à côté de mes baskets. Heureusement, mes proches étaient en pleine forme et alimentaient la conversation. Je donnais le biberon à Louis, qui accrocha plus que jamais son regard au mien, à croire qu'il avait senti mon émotion. Personne d'autre ne remarqua quoi que ce soit. J'écoutais, je participais un minimum pour faire illusion. De temps en temps, je croisais le regard de Romain. Lui seul savait ce que je ressentais. Nous enchaînâmes, plus tard dans la soirée, avec ses copains, ce qui me fit le plus grand bien. Les *Sex & the City girls* nous rejoignirent. Je lâchai tout mon stress en buvant, en riant fort, en dansant, Romain me ramassa à la petite cuillère. Pas grave, j'avais tout le week-end pour m'en remettre avant la dernière étape.

Le rendez-vous avec le spécialiste confirma le premier diagnostic. Le médecin nous expliqua tout dans les moindres détails. Cela me rappelait mes cours de sciences naturelles, dans lesquels la prof, plus sérieuse que jamais, avec son chignon et ses petites lunettes, avait parlé de grenouilles. Un garçon au fond la classe s'était mis à coasser en se mettant à quatre pattes. La classe entière avait rigolé aux éclats, et nous nous étions tous retrouvés avec deux heures de colle. Cette fois, je n'avais pas du tout envie de rire, bien au contraire. Quelle était la solution ? Il ne nous épargna aucun détail, remua le couteau dans la plaie, prit son temps pour conclure : « Vous n'aurez aucune chance d'avoir des enfants naturellement. » Cette fois, c'était officiel.

9

Il nous fallut un moment pour digérer l'information. Pris dans le quotidien de nos vies professionnelles la semaine, nous évacuions le week-end. Nous sortions, nous nous promenions, nous parlions. Une fois la période d'acceptation passée, ce fut le temps de l'action. La première fut d'aller voir un spécialiste de la PMA. J'obtins un rendez-vous très rapidement, car j'avais bénéficié d'un désistement. Seul inconvénient, Romain n'était pas à Paris ce jour-là, donc j'y allai seule. Et c'était le remplaçant qui devait me recevoir, le docteur Amour, rue de la Pompe, dans le 16e. N'était-ce pas un signe ? C'est toujours assez intriguant, ces personnes dont le nom de famille est en corrélation avec leur profession. Un aptonyme, à ce qu'il paraît. Avait-elle choisi son métier en fonction de son nom ? Ma liste de questions était bien trop longue pour en ajouter une. Le choix de son nom et de son métier resterait donc empreint d'une grande énigme, car pour le moment, j'avais d'autres chats à fouetter, comme parvenir à faire un bébé.

Je montai au premier étage d'un immeuble haussmannien. Le cabinet médical était d'un blanc immaculé, seules quelques grandes toiles de peinture contemporaines venaient agrémenter les murs. La secrétaire me pria de m'installer en salle d'attente. J'étais seule, donc la prochaine. J'eus à peine le temps de sortir mon dossier avec tous les papiers et toutes les analyses sur mes genoux, que je vis la porte d'un bureau s'ouvrir. La spécialiste, assez jeune, grande, brune, m'appela. Lorsque je fus assise devant son bureau, elle m'interrogea sur les raisons de ma consultation. Pendant qu'elle décortiquait les documents que je lui avais amenés, je regardais furtivement son cabinet. Je vis derrière moi une seconde pièce. Signe d'anxiété, je frottais mes mains l'une contre l'autre, je scrutais une réaction quelconque de sa part, un mouvement de sa bouche, un sourcil levé ou le front qui se ride, mais rien de tout cela. Elle restait concentrée et impassible. Si bien que, lorsqu'elle leva enfin la tête pour me regarder, je fis un petit sursaut sur ma chaise.

— Alors, je vois que vous avez fait toutes les analyses nécessaires et je vais être franche avec vous, les résultats ne sont pas bons. Mais je vous rassure tout de suite, il y a plein de solutions en PMA, vous pourriez commencer par exemple par une insémination.

— En vous écoutant, cela ne semble qu'une formalité. On pourrait faire ça quand ?

— Dès que possible.

Elle me posa quelques questions plus personnelles, tout en consultant son agenda.

— Écoutez, j'ai une disponibilité mardi prochain, je pourrai vous revoir et faire l'insémination. Votre mari passe au laboratoire le matin, et vous venez ensuite.

— C'est si simple que ça ?

Ma stupéfaction fut telle que je ne pouvais vraiment laisser éclater ma joie. Commencer dès la semaine prochaine, c'était une nouvelle incroyable. J'étais au nirvana ! Je pris l'ordonnance du médecin et convins de la revoir le mardi suivant. C'était bien la première fois que je sortais d'un cabinet médical avec le sourire. Mes yeux papillonnaient d'émotion, se remplissaient d'étoiles, mon cœur se gonflait à nouveau, le sourire revenait sur mes lèvres. Je m'empressai d'appeler Romain pour lui expliquer le plan d'attaque et lui demander :

— Tu peux t'arranger pour venir, n'est-ce pas ?

— Ça va être difficile !

— Quoi ? Tu plaisantes ?

— J'ai du boulot, plein de rendez-vous, et puis ça me paraît curieux, ton histoire. C'est un peu rapide, on fait des démarches depuis des mois et des mois, et tout à coup, miracle, ça se précipite, et dès demain on peut faire un bébé.

J'étais subitement décontenancée, complètement perdue. Comment pouvait-il briser tous mes espoirs ? J'étais à la fois en colère et triste. Alors que je marchais en direction du métro, je dus m'asseoir sur le premier banc que je vis. Je m'écroulai de désespoir.

— Je ne comprends pas, tu ne veux plus qu'on essaye ?

— Bien sûr que si ! Mais on ne va pas s'emballer. Prenons notre temps, comme on a toujours fait depuis le début.

— Sa proposition était inespérée, je suis juste dégoûtée que tu ne veuilles pas.

— Ce n'est pas ça du tout. Je pense qu'il serait bien qu'on voie le professeur. Sa remplaçante t'a donné un premier avis.

— Ah, mais je suis sortie du cabinet, là.

— Ce n'est pas grave, on rappellera. Tu es où ?

— Sur un banc. Je dois aller bosser, d'ailleurs, il faut que j'y aille.

— Écoute, ne sois pas déçue. Prévoyons ça pour la rentrée. On passe un été tranquille, sans rendez-vous médicaux, on décroche de tout ça ! Et va savoir, tu seras peut-être enceinte.

— Ouais. Je descends prendre le métro. Je rappellerai le cabinet médical cet après-midi.

En fait, je n'arrivais pas à me lever du banc, je restais comme tétanisée, suite au coup de bambou. J'avais besoin de réconfort, de parler à quelqu'un. J'aurais espéré qu'il me rappelle pour me dire qu'il avait réfléchi et qu'il se rendrait disponible. En vain, il avait tranché dans le vif. Il avait mis fin à ma chance d'être enceinte avant les vacances. Les démarches que nous avions engagées étaient déjà tellement longues que je ne saisissais vraiment pas la raison de ses réticences. Je pensais sortir la tête de l'eau, mais il venait juste de rappuyer dessus. Je coulais. Mes joues dégoulinaient. J'appelais à l'aide.

Stella.

Oui, Stella.

Treize heures à Paris donc 7 heures à New York. Elle devina tout de suite que quelque chose n'allait pas.

— J'avais besoin de te parler. Je sors d'un énième rendez-vous médical et je suis découragée.

— Un rendez-vous médical ? répéta-t-elle. Mais qu'est-ce que tu as ?

— En fait, on a quelques difficultés pour avoir des enfants.

— Mais tu ne m'en as jamais parlé.

— Non, parce que, euh, enfin, je pensais que cela allait se débloquer rapidement. Mais c'est plus compliqué que prévu.

— Fini de fuir, de faire comme si. En une phrase, je confiai enfin à ma meilleure amie la raison de mes tourments, ces derniers mois. Le masque tombait. Je ne laissais pas le temps à Stella d'être en colère contre moi, j'avais besoin d'elle, de ses conseils et non de ses reproches. Elle l'avait deviné et n'accorda aucune importance à mes cachotteries. Une fois que j'eus fini de lui relater mon histoire, je lui révélai que le médecin proposait une intervention dès la semaine prochaine, pour ma plus grande joie.

— Bah, c'est génial !

— Pas tant que ça, parce que Romain n'est pas d'accord.

— Ah bon, il ne veut pas ?

— Non, non, ce n'est pas ça, la coupai-je. Il dit d'attendre septembre.

— Je lui déballai tous les arguments que Romain m'avait servis. J'attendais sa réaction.

— Écoute, Camille, je pense qu'il est plus posé que toi, dans cette situation.

— Je vois, tu es d'accord avec lui !

— Ce n'est pas la question, tu le sais très bien ! Mais ce médecin qui sort de son chapeau une solution qui efface en quelques secondes toutes vos difficultés, c'est surprenant quand même. Je peux comprendre Romain qui souhaite prendre le temps et avoir un autre avis.

— En gros, je vais encore m'emballer, et ça ne va rien donner !

— Peut-être, ou pas ! Mais essaye de le comprendre, même si je sais que c'est toi en première ligne. Lui aussi souffre. Tu n'es pas seule, c'est un parcours qu'on franchit à deux, et c'est important d'être sur la même longueur d'onde. En plus, il ne renonce pas, il te propose juste de prendre du recul cet été et de repartir dans ce combat à la rentrée.

— Attendre, ça va faire trois ans, tu te rends compte !

— Tant que ça ? Mais deux mois ne vont rien changer, et dis-toi que tu seras en pleine forme à la rentrée, détendue et prête à affronter cette bataille. Il paraît qu'en été ou juste après c'est le moment le plus propice.

— Hum, ouais, ouais…

Ce dernier argument avait fait mouche. Finalement, elle avait probablement raison. Pour autant, j'étais chagrinée. Je n'avais plus envie de parler. J'écourtai notre conversation.

— Il faut que j'y aille, en plus, on a pas mal de boulot avant de clôturer la session parlementaire. Et toi, au fait, ça va à New York ? Et Matt ?

— Nickel chrome ! La tête dans le guidon la semaine, on bosse, on bosse, et le week-end on parcourt Big Apple, on découvre de super endroits. On a hâte de vous voir cet été. Tu verras, quand vous viendrez, on sera meilleurs que *Le Petit Futé* ! Bye bye, ma belle, et appelle si tu as besoin.

Je ne savais plus quoi penser. J'étais si déçue de sa réaction que je restai affalée sur mon banc, réfléchissant, la tête entre les mains. Est-ce que je devais insister ? Moi qui avais toujours été assez patiente, qu'est-ce qu'il me prenait ? Et si cela me portait la poisse ? À quoi servirait de convaincre Romain, s'il était sceptique ? Il faut être deux, dans cette aventure. Ce n'était pas le moment de se disputer pour un rendez-vous. Je me raisonnai. Je me levai du banc et pris le métro pour retourner travailler. Penser positif, c'était ce que je disais tout le temps. Restait à l'appliquer. Juste avant d'arriver au ministère, le cœur gros, j'appelai le docteur Amour pour annuler mon rendez-vous et lui expliquer ma décision ; enfin, pas vraiment la mienne, mais bon. Le pire, c'est qu'elle me demanda si j'étais sûre. Oui, j'étais sûre. Après avoir pleuré, appelé Stella et réfléchi longtemps sur un banc, rue de la Pompe, j'étais malheureusement sûre. Elle comprit et me suggéra de revoir son collègue, le docteur Flamant.

Mon exutoire fut le travail. Au ministère, la tension retombait, la grève des chercheurs avait été désamorcée. Les vacances se profilaient à l'horizon, et les conseillers géraient les derniers textes. Nous savions tous que c'était l'ultime été avant les élections, l'an prochain. Alors l'ambiance s'allégeait doucement. Le ministre avait décidé d'attendre le dernier moment pour nominer un nouveau chef de cabinet, afin de ne pas créer des jalousies et ainsi bouleverser l'équilibre de son équipe. C'était bien comme ça. Tout le monde y trouvait son compte. Moi aussi, car j'avais bien d'autres soucis. Je ne cessais de repenser à cette chance que j'avais laissé filer. J'en voulais à Romain, c'était à nouveau un peu tendu entre nous. J'essayais de passer outre ma déception, mais je restais amère, triste. Les vacances m'aideraient peut-être à accepter. Je l'espérais. Dans la bande des *Sex & the City girls*, je n'étais pas la seule à être démoralisée. Alice également. Ses recherches ne se déroulaient pas comme elle voulait. Elle était perdue. Je convoquai en urgence un petit dîner avec les filles pour lui remonter le moral. Attablée à notre restaurant habituel, Alice nous expliquait son désarroi.

— Je vais tout arrêter ! Je n'en peux plus des recherches, de ma directrice de thèse qui n'est jamais là quand j'en ai besoin, j'ai un rendez-vous tous les six mois.

Nous étions toutes les trois sidérées, jamais elle ne s'en était plainte auparavant. J'avais peur d'une décision trop soudaine.

— Tu es sûre qu'il n'y a pas d'autres solutions ? Tu ne peux pas juste lui demander de te soutenir plus ou de la voir plus souvent ?

— Non, j'ai déjà essayé. Elle est débordée. De toute façon, je crois que la thèse n'est pas faite pour moi.

— Mais enfin, ça fait deux ans que tu bosses comme une folle ! Tu ne fais que ça.

— Oui, mais je crois que je me voile la face.

Elle avait bien réfléchi et était assez radicale dans ses propos. Morgane, tout comme nous, était surprise.

— Tu en es sûre ?

— Ça fait plusieurs semaines que j'y réfléchis.

— Tu ne nous as jamais rien dit. On pensait que la thèse était ce que tu voulais, surtout si tu veux enseigner plus tard.

— Justement, je ne veux plus enseigner. Je ne supporte pas l'ambiance au sein de l'université, le comportement de certains qui se croient des petits chefs !

— Enfin, ceux-là, ils sont partout !

Sophie, qui n'était pas intervenue depuis le début, lui expliqua qu'en politique c'était pareil, ils se prenaient tous pour des ministres.

— Toi, tu as une idée derrière la tête. Tu as l'air si déterminée que tu as déjà réfléchi à une autre option. Alors ?

Morgane, plus perspicace que nous, avait tapé dans le mille.

— À vrai dire, oui, mais cela risque de me prendre du temps.

— Plus que ta thèse ?

— Disons qu'il y a plus d'étapes.

Alice nous révéla ses intentions. Même si elle n'aspirait pas à enseigner, elle aimait le droit plus que tout. Elle voulait rester dans cette voie mais voler de ses propres ailes et présenter le concours d'avocat. Pour cela, elle voulait faire quelques mois en tant qu'assistante juridique afin de voir si le métier lui conviendrait vraiment.

— En gros, tu serais le larbin des avocats ?

— C'est ça !

Morgane était bouche-bée et la poussa dans ses retranchements.

— Mais ce n'est pas du tout pareil que faire une thèse.

— Oui, je recommence de zéro, en quelque sorte !

— Et surtout, tu n'as pas le même statut.

— Ça, c'est sûr !

— On se calme, les filles, moi je suis bien assistante.

— Oui, mais de ministre, et puis tu n'as pas fait les mêmes études qu'Alice.

— Stop, les filles, coupai-je.

— C'est juste un passage inévitable, je ne veux pas m'arrêter là, évidemment ! Je veux avoir mon propre cabinet, enfin je pense.

Je volai au secours d'Alice qui ne savait plus quels arguments utiliser pour convaincre Morgane.

— Tu n'as pas à te justifier avec nous, si c'est ton choix et que tu penses que ça te rendra heureuse, fonce ! C'est important de faire ce qu'on aime.

— Et tes parents ? Tu leur as dit ?

Morgane n'en loupait pas une.

— Alors, justement, pas encore, ils sont un peu comme toi sur le sujet, pas très ouverts.

— Ah, ce n'est jamais facile de parler à ses parents !

J'avais sorti ça sans réfléchir.

— Pourquoi tu dis ça ?

— Euh…

Les trois filles me regardèrent tout à coup avec insistance, attendant une réponse de ma part. Difficile de me défiler. Je les voyais tellement souvent. Avec Stella, elles étaient un soutien précieux pour moi, je ne pouvais pas continuer à faire comme si tout allait pour le mieux.

— En fait, avec Romain, on a des difficultés à avoir des enfants, et je n'ai pas encore eu le courage de le dire à mes parents.

Elles n'eurent pas le temps de réagir, que le serveur nous déposa les assiettes de pâtes. Un peu abasourdies, les filles m'observaient. Mes émotions me trahissaient. Elles comprirent que c'était sérieux. J'aurais tellement préféré leur annoncer une bonne nouvelle. Ce fut Sophie la première qui reprit la parole, alors que j'essayais de me contrôler.

— Vous en êtes certains, je suppose ?

— Oui, on a fait tous les tests, on se dirige vers la PMA.

Au fur et à mesure de mon récit, j'avais l'impression de parler d'une autre. Et pourtant, tout cela m'arrivait bien. Me confier à mes amies me permettait de reprendre pied. Le pire fut la réaction de Morgane.

— Moi je connais un couple d'amis, ça fait huit ans

qu'ils essayent, et toujours rien ! C'est l'enfer. Elle a même décidé de tout arrêter, les traitements, les FI...

— Ah, c'est très encourageant pour Camille, tout ça !

Alice montait au créneau.

— Sérieux, tu penses vraiment lui remonter le moral de cette manière ?

— Bon, alors j'ai aussi un exemple, cette fois ils ont réussi, ma copine de Toulou...

— Laisse tomber ! Elle fera sa propre expérience. C'est quoi, ta prochaine étape, Camille ?

— Ce ne sera pas tout de suite. Un essai après l'été, certainement.

C'était la première fois que je le disais depuis mon faux départ avec le docteur Amour.

— C'est positif, ça va aller vite, maintenant. Il faut que tu t'accroches, ne te décourage pas.

Elle avait balancé ça en fixant Morgane droit dans les yeux, qui piqua du nez dans son assiette. Je rassurai les filles sur ma motivation puis déviai la conversation sur leurs projets de vacances d'été, histoire de détendre l'atmosphère. Nous fûmes prises d'un fou rire quand Carla nous parla de son pompier avec qui elle songeait partir. Finalement, son amourette devenait sérieuse, qui l'aurait cru ?

Le lendemain, le dîner porta ses fruits. Je décidai de parler à mes parents et puis évidemment à Zoé, dans la foulée, car le téléphone arabe fonctionnait vite dans la famille. Pour l'instant, je me refusais à prévenir mon entourage professionnel. Je n'avais nullement envie d'étaler ma vie intime. Je comptais bien continuer à travailler sur le même rythme, et de toute façon, le problème serait peut-être réglé très rapidement, grâce à une insémination. Sauf que je n'avais pas vraiment idée du parcours qui m'attendait.

C'est le docteur Flamant qui nous expliqua le protocole

à suivre. En arrivant dans son bureau, je fus rassurée de constater qu'il était plus âgé que sa collègue. Cela signifiait pour moi qu'il avait plus d'expérience et de recul sur la PMA. Il analysa notre dossier comme tous les autres médecins que nous avions déjà vus. Après de longs échanges, il nous remit un paquet d'ordonnances. Cela signifiait piqûres, échographies et prises de sang tous les deux jours pour moi. Les réjouissances attendraient la rentrée. Le docteur nous souhaita un bon été en attendant de nous revoir en septembre. À cette perspective, je ressentis à la fois de la joie, celle d'avoir enfin un *deadline*, mais aussi du stress, celui de se dire que dans deux mois ça passerait ou ça casserait.

10

L'été ne se déroula pas du tout comme prévu. Nous devions sillonner la côte ouest des États-Unis avec Stella et Matt, mais celui-ci se fit renverser par un taxi en traversant la rue, quelque temps avant le départ. Il en résultat une fracture ouverte du tibia et de nombreuses séances de rééducation qui le privèrent de tout déplacement durant la période estivale.

Nos vacances ne furent donc pas américaines. Il était hors de question que nous visitions le pays sans eux. Nous prîmes donc la direction le sud de la France en voiture. Passé Lyon, l'autoroute du Soleil n'était pas loin. La grisaille laissa place aux nuages puis aux rayons de plus en plus chauds au fur et à mesure de notre percée vers le Sud. Le bleu du ciel était très motivant. Les derniers virages sur l'autoroute, et nous admirions cet autre bleu qui se confond avec le ciel, celui de la mer. À nous les vacances, le sable chaud, la crème solaire, les heures à se faire griller ou à dormir à l'ombre d'un palmier. Le chant des cigales nous appelait. Au programme des réjouissances : sorties en bateau, choix cornélien entre piscine ou plage, déjeuner les pieds dans le sable, au bord de l'eau, avec au menu tapenade d'olives ou de tomates, poisson grillé, petits légumes farcis, le tout parsemé d'herbe de Provence et suivi d'une belle tropézienne en dessert. Je sentais déjà les odeurs de thym, de romarin, d'origan, de sarriette, de sauge, de basilic raviver mes papilles gustatives. Ces herbes qui s'épanouissent pour certaines dans des lieux secs et arides, dans les maquis, les bois clairs ou les garrigues, celles que Marcel Pagnol décrivait si bien. « Un parfum puissant s'éleva comme un nuage, et m'enveloppa tout entier. C'était une odeur inconnue, une odeur sombre et soutenue, qui s'épanouit dans ma tête et pénétra jusqu'à mon cœur. C'était le thym, qui pousse au gravier des garrigues. » Leur parfum camphré assez soutenu est une véritable invitation à l'évasion et au réveil des sens. Exactement ce qu'il nous fallait. Accaparés par nos responsabilités professionnelles et nos démarches médicales, Romain et moi avions enchaîné l'année sans pause. Nous avions besoin de nous extraire du quotidien parisien et de nos problèmes. Même si nous avions accepté l'idée que nous n'aurions pas de bébé naturellement, je gardais une certaine colère en moi. Je trouvais très injuste que cela nous arrive à nous plus qu'à d'autres. Le pire était arrivé quelques jours avant mon départ, quand Baptiste m'avait appris que sa femme attendait son troisième enfant et que c'était survenu plus vite que prévu. Quel toupet, quel manque de finesse. Était-il sans cœur ? Me dire cela à moi ? En une phrase, il m'avait anéantie. J'aurais voulu aller me réfugier dans mon bureau et pleurer tout mon soûl. Pour autant, sur le coup, je n'avais pas réagi, j'étais restée stoïque, forte, droite mais incapable de sortir un mot, de lui dire que j'étais heureuse pour lui. D'ailleurs, je ne l'étais pas. Nous avions tellement travaillé ensemble, comment pouvait-il se plaindre que son bébé arrive trop vite ? Chez moi, rien n'arrivait. J'en venais à penser qu'il l'avait fait exprès. Exprès d'appuyer à l'endroit le plus sensible. Cela ravivait ma propre blessure. Pourquoi mériterait-il plus que moi d'avoir un enfant ? Il n'en avait déjà pas assez ? J'avais la rage contre sa femme, que je ne connaissais pas.

Je tremblais intérieurement. Je ne me contrôlais plus, j'aurais pourtant dû avoir honte de cultiver de telles pensées. C'était terrible, d'en arriver là. Depuis son annonce, j'avais l'impression qu'il m'agressait en permanence, je voyais « bébé » affiché sur son front. Je ne pouvais plus le supporter. J'étais partie en congés sous le choc, écœurée par son attitude. Je ne parvenais plus à prendre du recul, j'avais le moral en berne. Il fallait absolument que je profite de la pause pour me ressaisir, sous peine de courir à ma perte au niveau professionnel. J'avais besoin d'évacuer ma colère, mes peurs et mes questions. Romain en fit d'ailleurs les frais, alors que nous nous promenions à Valbonne, un petit village provençal situé à quelques kilomètres de Cannes. Cette petite cité ancienne, avec ses ruelles aux façades en pierre couleur ocre ou rose, aux volets pastel, avait beaucoup de cachet. Le plan du village était en damier, c'est-à-dire toutes les rues en angle droit, comme dans les anciennes citées romaines. J'aimais flâner dans les ruelles pleines de charme, m'arrêter dans les petites boutiques de décorations ou d'antiquités. Les magnifiques bougainvilliers parme ou corail accrochés aux porches dégoulinant de fleurs y ajoutaient une pointe de romantisme. Partout, des petites tables posées le long des ruelles à l'ombre des vieilles maisons donnaient envie de s'arrêter un instant. Le soir, nous rejoignîmes la place centrale entourée d'arcades pour dîner à la terrasse d'un restaurant. C'était aussi ça, les vacances, s'abandonner au gré des villages, à la douceur d'un été qui sentait bon la Provence et toutes ses herbes si enivrantes. Malheureusement, je cassai un peu la magie du moment en confiant mon malaise à Romain.

— Tu devrais me quitter.

— Mais ça ne va pas, qu'est-ce qui te prend ? On n'est pas heureux, tous les deux ? Tu ne passes pas de bonnes vacances ?

— Si. Mais admets-le, je suis incapable de te faire un enfant.

— Qu'est-ce que tu racontes ? Qui dit que cela vient de toi ? Nous sommes incompatibles. Point. Toi comme moi.

— Justement, avec une autre, tu aurais plus de chances d'en avoir.

— Je n'en veux pas avec une autre. C'est avec toi que j'en veux.

— Tu vois que tu en veux vraiment. Je ne peux pas te priver de cette joie que tu n'auras peut-être jamais avec moi. Pourquoi ça nous arrive à nous ?

— Ça, on n'en sait rien. Il faut faire avec, maintenant. On va suivre ce traitement à la rentrée, et tout va bien se passer.

— Tu as l'air bien sûr de toi. Moi j'ai peur, je stresse. Je ne pense qu'à ça. J'en suis venue à détester la femme de Baptiste qui est enceinte. Tu te rends compte ?

— Oui, mais tu souffres. Pour Baptiste, dis-toi que la prochaine fois, c'est toi qui lui annonceras une bonne nouvelle. Voir que les autres réussissent là où on échoue n'est pas facile.

— Et puis on se promène ici, et je n'ai que le mot bébé qui me traverse la tête. Je ne tombe que sur des mamans, des poussettes.

— C'est sûr, c'est une agression permanente. Tu y prêtes plus attention que d'habitude. C'est normal, moi aussi.

— Ah bon ? Mais tu ne dis rien ?

— Ça changerait quoi ?

— Je saurais que tu ressens la même chose que moi. J'avais l'impression que tu étais détaché, comme si cela ne t'atteignait pas.

— Eh bien, voilà, maintenant tu le sais. Moi aussi je me pose des questions, moi aussi je suis concerné, je suis triste. Nous allons commencer un parcours difficile, alors il faut qu'on reste soudés, tous les deux.

— Oui, mais j'ai peur que tu sois déçu si cela ne fonctionne pas ou, je ne sais pas, que tu me quittes, même.

Je lui serrai la main si fort, qu'au moins sur l'instant il ne pouvait m'échapper.

— Je te quitterais si tu es trop chiante, comme là, par exemple, riposta-t-il avec un grand sourire. Arrête de te tracasser avec tout ça. Aie confiance en notre couple. Il faut que tu lâches prise au moins pendant les vacances.

— Je vais essayer.

— Fais-le pour moi, pour nous. Tu vas voir, la semaine prochaine, j'ai envie de t'emmener dans un endroit un peu hors du temps.

— Je ne veux pas te décevoir, je ne sais pas si je serai capable d'oublier.

— Je ne te demande pas ça, je te propose juste une douce parenthèse.

La semaine suivante, quand nous arrivâmes aux grands lacs italiens, je compris ce que Romain avait voulu me dire. Entre Méditerranée et montagne, il régnait dans ces lacs à la beauté saisissante, aux paysages grandioses, aux jardins luxuriants et aux villas somptueuses, quelque chose de mystérieux et d'envoûtant, une atmosphère enchanteresse qui m'apporta de la sérénité, celle dont j'avais le plus grand besoin. Nous prîmes le temps de flâner, de visiter les jardins botaniques, d'errer dans les ruelles, de savourer un café en terrasse, de profiter, en quelque sorte. Le temps de quelques jours, je mis de côté mes tourments. La majesté des lacs m'apaisa, et cette escapade des plus romantiques nous permis de nous retrouver, Romain et moi. Progressivement, un état d'esprit plus positif m'envahit. Le choc de la déflagration engendrée par Baptiste s'atténuait. Je me sentais à nouveau capable de le côtoyer ou de lui faire face sans ciller. Une Camille forte et prête à repartir au front dans tous les domaines. Je reprenais le contrôle de moi-même et je me promettais intérieurement de me maîtriser et de ne pas me laisser abattre au prochain obstacle. J'étais revigorée et gonflée d'espoirs. Je retournerais vers mes réunions de cabinet, mes rendez-vous parlementaires, mes déjeuners, mes analyses, mes échographies comme avant. Comme si de rien n'était. La blessure s'était refermée. L'espoir de gagner me portait. Je compris que Romain était soulagé et heureux de me voir ainsi, combattante et non plus abattue. Tandis que nous trinquions à la fin des vacances, un verre de rosé à la main, j'espérais secrètement que ce fût le dernier pour quelques mois.

11

La rentrée arriva plus vite que je ne l'avais imaginé. Plus l'échéance se rapprochait, plus j'angoissais. Heureusement, j'avais repris foi en moi, en la vie, retrouvé un état d'esprit positif. Au lieu de pleurer sur ce que je n'avais pas, j'avais décidé de mettre en valeur ce que j'avais : un amoureux, des amis, un travail passionnant. Nourrie de ces sentiments, je me sentais mieux dans mon corps et ma tête. J'étais confiante en l'avenir et me voyais prête à mener à bien mon projet secret. J'entrevoyais à nouveau l'espoir de réaliser sous peu le rêve de porter la vie. Je ressortis mon tas d'ordonnances, je me procurai tout ce qu'il y était inscrit. Comme je n'aimais pas l'idée de ne pas maîtriser les choses, je demandai à l'infirmière de me montrer comment faire moi-même les piqûres. Il était hors de question d'attendre tous les soirs sa venue et de paniquer à l'idée qu'elle puisse être en retard. Par chance, je n'avais aucune phobie, ce geste ne devait pas poser de problème. En outre, pour ma première, Romain était là, prêt à intervenir si jamais je tournai de l'œil.

Il était 20 heures, ce soir-là. Je fis les choses posément afin de ne pas me tromper. Je demandais à Romain, installé dans le salon, de décortiquer le mode d'emploi. Le cœur battant, j'ouvris le frigo et pris le gros stylo déjà prérempli. J'allai dans la salle de bains. Sans réfléchir, sans tergiverser, je pris une grande inspiration et plantai d'un mouvement sûr l'aiguille dans mon ventre. J'appuyai à fond sur le bouton pour être certaine de ne pas en perdre une goutte. Mission accomplie. Ce n'était pas si compliqué. Je sortis tonitruante et souriante, tandis que Romain m'annonça fièrement avoir terminé de lire le mode d'emploi. J'avais réussi sans aide. Je serais donc capable de faire toutes les autres piqûres seule, sans infirmière, sans Romain qui devait à nouveau s'absenter. Je me sentais plus sereine. Il y avait déjà tellement d'éléments que je ne pouvais contrôler dans ce parcours, alors je me raccrochais au peu de choses que je pouvais encore superviser. Restait les prises de sang et les échographies. Pour le premier contrôle, je pus m'organiser, je me rendis au laboratoire le matin avant d'aller travailler, et au cabinet d'échographie à la pause déjeuner. Personne n'en sut rien. C'est après que cela se compliqua.

Je n'avais pas du tout envie d'informer la terre entière de mon projet secret, mais mes absences à répétition attirèrent l'attention de mon assistante. Elle s'inquiétait pour moi et n'arrêtait pas de me poser des questions. Je décidai donc de la mettre dans la confidence, et sa réaction me rassura. Elle était ravie que je lui en parle et avait bien l'intention de rester discrète. Dans les jours qui suivirent, il fut beaucoup plus simple de m'éclipser pour un rendez-vous, elle géra sans problème quand je n'étais pas là et se débrouilla pour que personne ne me cherche ou ne s'interroge sur mes allées et venues. La seule chose que je n'avais pas prévu était ma sensibilité à fleur de peau. Il ne fallut que quelques jours pour que je découvre les bienfaits des hormones.

C'était à l'heure du déjeuner. Les conseillers du cabinet ministériel se retrouvaient habituellement dans une grande salle à manger à l'intérieur, mais aux beaux jours, tout était installé dehors. Et en ce mois de septembre, le soleil était encore chaud. Une grande table était dressée juste au bas des escaliers, sur les petits cailloux, à l'entrée du jardin. Les belles nappes blanches étaient ornées de petites fleurs, et le chef avait disposé au centre une superbe corbeille de fruits de saison pour le dessert. Une vraie parenthèse enchantée dans nos journées stressantes. Dehors, tout semblait différent, même le ministre paraissait plus détendu. Il discutait de travail et du programme de la journée, bien sûr, mais aussi de sujets plus légers ou plus personnels. Ce jour-là, au menu du jour, les bébés du cabinet ministériel. À mon grand dam. Au fur et à mesure de la conversation, je sentais que mon cas allait être passé en revue. Sophie n'était plus en couple, donc ce ne serait pas pour cette année. Benjamin était homosexuel et tenait trop à sa liberté pour avoir un quelconque enfant pour le moment. Quant à Baptiste, lui allait être papa pour la troisième fois, la messe était dite. L'étau se resserrait, il ne restait plus que moi. Et le ministre mit les pieds dans le plat.

— Alors, ma petite Camille, toujours pas d'enfant à l'horizon ?

— Non, non, pas pour l'instant.

— Ça fait quelque temps que vous êtes mariés, vous êtes sûre que vous avez le bon mode d'emploi ? Tout le monde éclata de rire à sa blague. Je sentis que je perdais pied. Je rougissais, je ne savais pas quoi répondre, alors je souris bêtement et baissai la tête. J'aurais voulu disparaître à jamais. Me lever de la table et courir vers mon bureau.

Comment leur dire que leurs remarques creusaient encore plus la brèche qui s'était formée depuis quelques mois dans mon cœur ? Un trou que je ne parvenais pas à refermer pour le moment. J'aperçus le regard désolé de Sophie, qui était au courant de mes déboires. Je pris sur moi les quelques minutes qui s'ensuivirent. Je n'écoutais plus les échanges, je me contentais de les entendre. Je n'avais qu'une seule hâte : fuir. J'avais l'impression que tout le monde me regardait, attendait une réaction de ma part. Cependant, j'étais tétanisée, une boule s'était formée dans ma gorge et m'empêchait de sortir un seul mot de plus. Heureusement le directeur de cabinet mit fin à mon calvaire en changeant de sujet. Je pris congé peu de temps après. Une fois seule dans mon bureau, je lâchai tout le chagrin que j'avais réprimé tant bien que mal pendant le déjeuner. Je n'avais même plus peur qu'on me surprenne en train de pleurer. Je crois que j'avais besoin de me laisser aller, de vider tout ce que j'avais contenu en moi depuis des semaines, le stress, le doute, le découragement. Je savais pourtant que ce n'était pas le moment, que dans quelques instants on m'appellerait pour rejoindre le ministre. J'essayai de téléphoner à Romain pour un peu de réconfort. Pas de réponse. Depuis quelque temps, il était débordé. Il avait ouvert un deuxième garage et jonglait entre les deux. Mon assistante m'appela. Il fallait que je me tienne prête, car le ministre voulait partir plus tôt pour la séance de questions au gouvernement. Cela tombait mal. C'est alors que je sentis la porte s'ouvrir doucement dans mon dos. Benjamin apparut. Il avait compris qu'il se passait quelque chose.

— J'en étais sûr. Depuis des mois que je t'observe. J'en étais sûr.

— De quoi parles-tu ? Tout va bien, objectai-je, en essayant de reprendre contenance.

— Pas de ça avec moi. On en reparlera plus tard, ce n'est pas le moment. Mais tu as un problème immédiat. Regarde-moi, tu ressembles à un épouvantail. Tu ne peux pas descendre comme ça. Ton rimmel a coulé. Reprends-toi, tu vas bientôt partir à l'Assemblée. Tiens ! Il me tendit deux patches et un petit stylo. La touche magique me dit-il, la solution pour camoufler mes yeux gonflés.

— Fais-moi confiance, si tu ne vois jamais aucun stigmate de mes soirées déjantées, arrosées et tardives, c'est grâce à ça !

Je le crus sans aucun problème et remerciai celui qui avait mis un miroir dans mon bureau. En quelques secondes, avec l'aide de Benjamin, je retrouvai un semblant de visage normal. J'essuyai les larmes, gommai mes poches et lissai mes traits. Hors de question de passer pour une faible. Je remis mon masque, celui de la super conseillère, souriante, passionnée. Benjamin me félicita, et je lui précisai que ce moment de faiblesse devait rester entre nous. En bon petit soldat, je descendis prendre place dans la voiture du ministre. J'aurais pu saisir l'occasion d'être en solo avec ce dernier pour me confier, lui dire dans quelle démarche je m'étais engagée, afin d'éviter d'autres situations gênantes comme celle que j'avais vécue au déjeuner. Non. Cela me paraissait tellement plus anodin que tous les problèmes qu'il traitait au quotidien. Je ne dis rien. Je parlai de l'actualité, des questions qui allaient être posées par l'opposition, des textes en cours. Rien de personnel. À part Baptiste, personne n'avait remarqué quoi que ce soit. Pour l'instant.

C'était sans compter la galère des rendez-vous d'échographies à fixer au dernier moment, en fonction des résultats de prise de sang. Cela devenait compliqué de disparaître en pleine journée. J'aurais pu continuer comme ça, mais il y eut cette fois où le directeur de cabinet m'appela sur mon portable. J'étais dans la salle d'attente de la radiologie.

— Bonjour, Camille, je ne t'ai pas croisée, ce matin. Est-ce qu'on peut se voir ?

— Bien sûr. Quand ? demandai-je fébrilement, craignant qu'il me réponde maintenant.

— En début d'après-midi.

— Parfait. Je serai là. Au fait, c'est à quel propos ?

— Il faut que je te laisse, on en parle tout à l'heure.

On en parle tout à l'heure… Mais de quoi ? De mes

absences ? De mes dossiers ? Du déjeuner au cours duquel j'avais perdu pied en proie aux questions gênantes ? Pourquoi tant de mystères ? Savait-il que j'avais des difficultés à avoir des enfants ? Et sinon, qu'en penserait-il ? Que je n'étais plus en état de travailler ? J'eus le temps de ressasser avant mon rendez-vous, j'avais longtemps attendu mon tour. J'avais même cru ne jamais pouvoir arriver à l'heure dans le bureau du directeur.

— Tu m'as l'air bien essoufflée, Camille ! Viens, assieds-toi ! Il m'indiqua le petit salon qui jouxtait son bureau.

— Je voulais te voir, euh… attends !

— À peine assis, il se releva pour se diriger dans le couloir vers le poste de son assistante, pendant quelques secondes. Je gribouillais de nervosité sur mon calepin et je sentais que mes mains étaient de plus en plus moites. Enfin il revint, un dossier à la main.

— Je souhaitais avoir ton avis sur un amendement que ton collègue des finances vient de me faire passer. Regarde.

J'étais soulagée, moi qui croyais avoir droit à un interrogatoire en règle sur mes disparitions inexpliquées pendant la journée. Je sentis mon corps se détendre. Tout en analysant scrupuleusement le document, je pensais qu'il ne fallait plus jamais que je me retrouve dans une telle situation. J'étais arrivée tremblante devant le directeur comme si j'avais commis une faute. Avoir recours à une PMA n'est pas un crime. Il fallait que je m'extirpe de la situation inconfortable dans laquelle je m'étais mise. À la fin de l'entretien, alors que le directeur me remerciait de lui avoir fait part de mon expertise, je lui divulguai mon secret. Les mots vinrent tous seuls. Simplement. Sans chichis. Sans détails non plus. Loin de moi l'envie de dévoiler ma vie personnelle à mon supérieur. J'allais à l'essentiel. Il ne m'interrompit pas. Quand j'eus fini, je réalisai qu'il avait le regard un peu fuyant. L'avais-je gêné ? Sa réaction me fit comprendre tout le contraire.

— Écoute Camille, je sais que c'est un parcours très compliqué, très exigeant, parfois long aussi.

— Oui, c'est ce que j'ai entendu dire.

— Mais ne te décourage pas. J'ai vécu le même genre de chose. Oh, il y a bien longtemps !

— Je ne savais pas.

— Non, il n'y a pas lieu d'en parler.

— Moi non plus je n'ai pas trop envie que tout le monde soit au courant. Je ne veux pas de passe-droit. Je voulais t'en informer, c'est la moindre des corrections, car il se peut que j'aie des rendez-vous en journée, mais cela n'empiétera pas sur mon travail et mon implication.

— Je n'en doute pas. Je te donnerai juste un conseil, ajouta-t-il d'un ton ni obséquieux ni compatissant mais juste.

— Lequel ?

— Ta santé avant tout. Le travail est une chose, mais ne mets jamais ta santé en péril.

— Pour l'instant, j'arrive à concilier les deux.

— Oui, mais si jamais… tu viens me voir.

— Et le ministre ? Je lui en parle ?

— Comme tu veux. Sinon, je lui en toucherai deux mots si tu en es d'accord, et tu le feras quand tu en éprouveras le besoin.

En sortant de son bureau, je me sentis comme délestée d'un poids. J'avais fait une concession en fendant mon armure, mais j'y avais gagné une certaine sérénité. Mon assistante, Sophie et maintenant le directeur de cabinet étaient officiellement au courant. Je comptais sur leur discrétion. Benjamin avait deviné. Sa sensibilité m'avait rattrapée. Quant à Baptiste, il commençait à avoir des doutes sur mes activités, mais cette dernière idée me faisait sourire. Intriguer. Rester vague, mystérieuse, insaisissable. Il n'avait pas l'ascendant sur moi, il ne maîtrisait pas complètement le personnage, et cette idée me convenait parfaitement. Il avait interrogé mon assistante pour savoir où j'allais, qui je voyais ces derniers jours. Je l'évitais un maximum afin qu'il n'ait pas l'opportunité de me poser directement la question. Le connaissant, il échafaudait les plans les plus fous. Un amant ? Une entrevue pour un nouveau poste ? Un rendez-vous secret avec un élu ? Avec un collègue ? La préparation d'une future candidature aux élections ? Je me plaisais à l'intriguer. Dorénavant, je n'aurais plus à m'inquiéter de sa réaction à lui ou de celles de mes autres collègues, ni des conséquences sur mon poste, puisque j'avais l'aval du directeur. J'avais bien fait de l'aviser. Et les semaines qui suivirent ne firent que conforter mon choix.

12

Après une semaine, les contrôles s'intensifièrent. En quatre jours, j'eus droit à trois écographies. J'avais les hormones en ébullition. Je me sentais comme portée par une vague positive. J'étais dopée, dopée par cette envie d'avoir un bébé. Le soir, après ma journée de travail et ma dose de FSH – les hormones foliculo-stimulantes –, je m'effondrais de fatigue sur le canapé.

La date approchait. Les analyses du jour le confirmèrent, et le médecin m'annonça qu'il fallait déclencher les opérations le lendemain soir. Problème, cela coïncidait avec une soirée au ministère, et je ne pouvais pas ne pas y être. Et pourtant, il était indispensable que je repasse chez moi, puisque la piqûre de déclenchement se gardait au frais. Je n'imaginais pas me piquer ailleurs que chez moi et, surtout, je n'avais pas de réfrigérateur à ma disposition au bureau. Je n'avais qu'une solution, en parler au directeur de cabinet. Sans entrer dans les détails, je lui expliquai mon impératif. Il ne vit aucun inconvénient à ce que je m'absente aux alentours de 18 heures, si tout était calé pour la soirée. Comme j'habitais non loin du Grand Palais, lieu où se tenait l'événement, il me donna directement rendez-vous là-bas à 19 h 30. Je m'empressai donc de recontacter tous les invités et de préparer les dossiers. Y figurait un topo sur chaque élu, à savoir ses différents mandats et responsabilités, ses projets locaux, ses positions sur nos textes de loi, ses dernières interventions dans les médias. Le tout devait être remis en début d'après-midi au ministre et aux différents membres du cabinet, afin qu'ils en prennent connaissance. Une fois ma mission accomplie, je partis en direction du Sénat pour les questions au Gouvernement. J'aimais l'atmosphère feutrée du palais du Luxembourg. Était-ce dû au majestueux escalier d'honneur, protégé par ses lions antiques, par lequel on pénétrait dans l'ancienne demeure de Marie de Médicis ou à cette moquette rouge de la salle des Conférences, riche d'œuvres, de dorures et de sculptures du Second Empire ? Dans ce fastueux décor, personne n'était finalement surpris de retrouver le trône de Napoléon Ier. L'ambiance était très agréable, même si les échanges fusaient parfois dans l'hémicycle. Les journalistes se mêlaient aux politiques, et parfois, des anecdotes, des scoops, les phrases les plus croustillantes se retrouvaient dans le *Canard enchaîné.* Personne, dans la sphère politique ne l'ignorait. Il fallait être sur ses gardes. Malheureusement, en tant que novice, j'en avais fait les frais dès mon arrivée au ministère. Un journaliste d'un grand quotidien avait rapporté un échange que le ministre et moi avions eu. Sortie du contexte, la réflexion était apparue comme misogyne, alors qu'il s'agissait purement d'une blague. J'avais été particulièrement gênée de me retrouver dans une telle situation. À la parution de l'article, évidemment pile la Journée internationale du droit des femmes, j'avais dû désamorcer la polémique. Depuis, j'avais beaucoup de mal à cacher mon trouble quand je croisais ce fameux journaliste auteur de l'article, dans la salle des Conférences. J'aurais bien voulu lui tordre le cou, mais cela aurait mis de l'huile sur le feu. Je décidai donc de l'ignorer jusqu'à la fin des questions d'actualité. Sur la route du retour, le ministre reçut un appel important, ce qui m'arrangea bien. Je pus relire mes notes sur la soirée et le briefer durant le peu de temps qu'il me resta.

À 18 heures, comme prévu, je m'éclipsai du bureau. Cela sentait la fin de l'été à Paris, la touffeur avait laissé place à la douceur d'une saison qui s'achève. Les Parisiens retrouvaient leur impatience, les rues leurs bouchons, les voitures leurs klaxons, les corps leur blancheur, les débardeurs une longueur de manche, les cours d'école le brouhaha des enfants, les rames du métro les bousculades. Le soleil se faisait plus pâle, les amoureux alanguis sur les bancs plus rares, les travailleurs plus pressés, les hirondelles plus discrètes, les nuages plus nombreux. Je savourais ce moment. L'impression que rien n'est important, qu'il faut vivre le présent. Une sensation fugace car, cheveux au vent sur mon vélo, je songeais à mon programme du lendemain. La sortie du tunnel dans lequel j'étais engagée depuis quelque temps était proche. Elle était pour le moins affichée, et j'avais la ferme intention de la prendre, de ne surtout pas la laisser passer. Je me cramponnai à cette conviction.

Vingt minutes plus tard, j'accrochais mon vélo en bas de chez moi. J'étais dans les temps. Il me restait une heure avant de repartir. Je posai mes affaires, pris un verre et accomplis ce geste qui était le mien depuis quinze jours. Le dernier. Je me rendais bien compte que depuis quelque temps mon bas ventre était plus gonflé, mon humeur plus irritable, mais je m'en moquais. Concentrée sur mon objectif, je n'avais que cela en tête, réussir. Alors je prenais sur moi, repoussais ces sentiments négatifs qui tentaient de m'envahir et luttais pour garder le sourire et mon enthousiasme. Je touchais presque à mon but, alors il ne s'agissait pas d'y renoncer au dernier moment. Curieusement, je n'avais prévenu personne de mon entourage. Ma famille et mes amies savaient que je suivais un protocole, mais je ne leur avais pas transmis le calendrier exact.

C'était mieux ainsi. Pas de questions, pas de stress. Le seul qui était au courant de la date exacte, sans que je le veuille, était le directeur de cabinet. En connaisseur, il savait pertinemment que cela aurait lieu pendant le week-end. Que pensaient vraiment mes proches ? Je ne savais pas, je ne m'étendais pas sur le sujet. Je les avais simplement informés que c'était compliqué d'avoir des enfants. Ils avaient été étonnés, dans un premier temps, puis tristes pour nous, et enfin inquiets. Plus personne ne nous disait que nous étions trop jeunes ou que c'était trop tôt. Les mois passaient, et ils ne voyaient rien venir. Je comptais bien les surprendre bientôt.

Vingt-quatre heures plus tard, nous y étions. La veille encore, j'avais répété dans ma tête toutes les étapes. Je voulais que ce jour reste gravé dans ma mémoire. Alors, mon cerveau se transforma en appareil photo et enregistra les moments les plus précieux. Le plus délicat et le moins glamour fut le passage au laboratoire. Une dizaine de couples attendaient de bon matin, certainement pour la même chose. Ils étaient tous dans les starting-blocks. La secrétaire, à l'accueil, nous demanda pourquoi nous étions là, mais de peur que Romain ne sorte une bêtise, je pris les devants. La machine était lancée. L'étape suivante était d'aller voir le docteur Flamant. Romain et moi nous retrouvâmes dans le métro, le prélèvement à la main, dans un grand tube en carton blanc. Les gens devaient penser que je tenais à mon poster comme à la prunelle de mes yeux. Ils n'avaient pas tort. À la seule nuance près qu'il ne s'agissait ni d'une affiche de cinéma ni de celle d'un acteur ou d'un chanteur connu, mais simplement de cellules qui pourraient bien donner un jour un bébé. Je le tenais fermement, je craignais d'être bousculée et de le laisser tomber involontairement, alors quand une place se libéra, je me précipitai pour m'asseoir. Dans quelques minutes, Romain et moi descendrions rue de la Pompe. Je confierais mon poster au docteur. Il nous mettrait en confiance, certifiant que maintenant ce n'était plus à la médecine de jouer mais à cette part de hasard et de chance qui existe et que personne ne peut contrôler. J'en appellerais alors aux super pouvoirs de la pleine lune, aux bienfaits du ginseng, aux tisanes de trèfle rouge, aux bouquets de gui ou à la déesse grecque de la fertilité, Déméter. Je prierais le destin. La seule chose que je n'avais pas envisagée fut l'arrêt de travail d'une semaine que m'imposa le médecin. Trop de risques, trop de stress, trop de déplacements. J'aurais préféré ne rien changer à mon rythme de vie. Mais il ne me laissa pas le choix. Une semaine, ce n'était rien, finalement, au regard du bénéfice, réunir les meilleures conditions pour concevoir mon bébé. Une semaine importante pour mon projet secret, mais aussi pour mon travail. Un déplacement du ministre était prévu à Lyon, et je devais préparer le terrain, à savoir prévenir les élus, sans en oublier un seul, au risque de les vexer. Me renseigner sur les enjeux locaux, les problèmes et les demandes récurrentes de la région. Tout devait être cadré afin que le ministre ne se retrouve pas dans une situation inconfortable. Un déplacement s'élaborait en amont. Chacun avait son rôle, la chef de cabinet gérait le planning, se mettait en lien avec le préfet et le maire pour la logistique sur place, et déterminait, en accord avec le ministre, les lieux ou rendez-vous incontournables. Les conseillers techniques, eux, étaient en charge du contenu des interventions et devaient faire remonter les éventuels problèmes. Un vrai maillage, nous devions envisager les pires scénarios, les grèves, les blocages, les retards, les absences, les incidents de dernière minute. C'est la règle, en politique, ne rien laisser au hasard, tout maîtriser, exactement ce que j'aime. Mais cette fois, je devrais faire les choses à distance. Cette idée ne me plaisait pas, mais j'étais tellement heureuse à l'éventualité d'être enceinte dans les jours suivants que cette difficulté n'entama pas ma joie. Allongée sur mon canapé, les jambes légèrement surélevées, je regardais Romain afféré à préparer un dîner digne de ce nom. Il me ménageait, cela me faisait sourire. Après de longs mois d'attente, nous pouvions enfin entrevoir une lueur d'espoir. Dans dix jours, notre projet secret prendrait forme ou pas. Dix jours à se demander, se poser des questions, repérer le moindre symptôme. Nous en parlions, échangions nos impressions. Romain n'aurait pas une minute à lui pour ressasser, tandis que moi j'aurais une semaine, seule, à y penser à chaque seconde. Heureusement, je serais bien occupée. Dès le lundi, je contactai ma secrétaire, afin qu'elle me transmette les éléments que j'avais commencé à rassembler à propos du déplacement à Lyon. Baptiste m'appela pour me proposer son aide. Le chef de cabinet lui avait demandé de se mettre en contact avec moi, pour qu'à Lyon il puisse s'occuper des élus à ma place. Je devais donc partager toutes les informations dont je disposais avec lui, dont certaines assez délicates. Cela ne m'enchantait guère, mais je n'avais pas le choix. À distance, il était difficile de garder le contrôle absolu et d'émettre quelconque objection. La préparation du dossier me prit quelques jours. Je me ménageais des instants de sieste, et le reste du temps, j'étais allongée avec mon ordinateur sur les genoux et mon téléphone à portée de main. Quelle ne fut pas ma surprise, un après-midi, de voir le numéro du ministre s'afficher sur mon portable. Je lui avais transmis toutes les informations nécessaires le matin même, appelé tous les élus. Je me demandais bien pourquoi il me contactait.

— Je suis désolé de vous déranger pendant votre semaine d'arrêt, mais nous avons un gros problème, Camille. Notre annonce a fuité dans la presse locale, et le maire est furieux.

— Ce n'est pas possible, comment les journalistes ont-ils été au courant ?

— Pour l'instant, nous n'en savons rien, mais l'urgence est de gérer les élus. Je vais les appeler, mais j'aimerais que vous les contactiez en amont afin de désamorcer une crise, la veille de mon déplacement.

— Oui, bien sûr, vous pouvez compter sur moi.

— Lâchez-lui quelques informations, afin qu'il puisse reprendre la main sur l'annonce et que demain les journaux locaux le mettent en avant.

— Parfait. J'ai saisi.

— Au fait, tout va bien pour vous ?

— Pas de souci. Je serai de retour sans faute lundi.

Le médecin avait dit aucun stress, c'était raté. Mon sang ne fit qu'un tour. Je savais que le maire était très soucieux de son image médiatique. Je pouvais donc aisément imaginer sa réaction et la pression que devait subir son entourage, suite à cette déconvenue. Je trouvai immédiatement la une du journal local qui affichait : « Le ministre de la Recherche annoncera après-demain, à Lyon, un grand plan pour la recherche contre le cancer. »

Un déplacement devait mettre en valeur le ministre mais aussi les élus locaux, assouvir leur autorité et leur importance. Or, dans cet article, aucun des politiciens locaux – et en premier lieu le maire – n'avait été cité. C'était tout l'enjeu des relations entre les médias et la politique, maîtriser son image. Un vrai sujet de dissertation qui se concrétisait sous mes yeux. L'image de l'homme politique est façonnée par les médias et inversement, ce dernier crée son image via les médias. Restait maintenant à rattraper la bourde. Il avait été entendu avec le directeur de cabinet que je puisse communiquer le montant financier consacré à ce plan. Il ne fallait pas trop en dire, afin que le ministre ait la primeur de certaines annonces, mais il fallait apaiser la colère du maire et la tension avant le déplacement. En raison de mon sens aigu de la diplomatie et de mon amitié pour le maire, c'est moi qui désamorçai la bombe. J'en profitai pour expliquer, en toute discrétion, les raisons de mon absence sur le terrain, et le tout passa comme une lettre à la poste. En début de soirée, je pus informer le directeur de cabinet que la situation était rentrée dans l'ordre et que le maire était dans de meilleures dispositions.

Pourtant, une fois la crise passée, une chose continuait à m'obséder. D'où pouvait donc provenir la fuite, si ce n'était de notre propre cabinet ? J'y réfléchis toute la nuit, et le lendemain au réveil, je décidai de mener ma propre enquête. Après plusieurs heures à passer des coups de fil au cabinet du maire, aux assistants des élus locaux, j'avais recueilli suffisamment d'éléments pour contacter le journaliste qui avait rédigé le papier en cause. En bonne diplomate, je trouvai un prétexte à mon appel.

— J'ai vu que vous aviez rédigé un article sur le déplacement du ministre demain et je voulais donc vous convier à la conférence de presse qui aura lieu à l'issue de la visite à l'hôpital Pasteur.

— J'apprécie votre invitation, j'en avais effectivement entendu parler.

— Ah, je vois que vous êtes bien informé. Vous avez quelques relations auprès du ministère ?

— Oui, tout à fait, j'ai un très bon ami qui travaille depuis quelques années en politique. Nous nous sommes rencontrés pendant nos études.

— Je le connais peut-être. Comment s'appelle-t-il ?

— Baptiste.

Non, cela ne pouvait pas être mon collègue. Ce n'était pas possible. Il y avait près d'une centaine de personnes qui travaillaient au ministère, il devait exister d'autres Baptiste. Ce n'était pas forcément quelqu'un de la garde rapprochée du ministre. Je m'enquillai immédiatement de détails supplémentaires.

— Baptiste, le conseiller économie et finance du ministre ?

— Tout à fait. Un ami de vingt ans. Je l'ai encore eu hier en ligne.

Baptiste. La douche froide. Comment avait-il pu trahir ainsi la personne et l'équipe pour qui et avec qui il travaillait ? Moi en première ligne. Moi qui lui avais transmis les informations les plus secrètes sur mes protégés, qui avait déminé le terrain afin qu'il soit informé de tout et qu'il puisse sereinement épauler le ministre. J'étais outrée et blessée. Je ne pouvais laisser passer une telle forfaiture. Je ne comprenais pas l'intérêt d'une telle manœuvre. Après avoir raccroché et réfléchi à la stratégie à adopter, j'envoyai un message à Baptiste. Il fallait que j'en aie le cœur net. Je devais faire vite, le déplacement à Lyon ayant lieu le lendemain. Malgré mon arrêt et mon interdiction de bouger, je donnai donc rendez-vous en fin d'après-midi à mon collègue au café en bas de chez moi. Je n'aurais que quelques mètres à faire, ce n'était pas la mer à boire, et puis j'arrivais en fin de semaine, les risques étaient moindres. J'étais obsédée par cette supposée perfidie, au point même que mon projet secret était passé au second plan.

13

Attablée au café de mon quartier, je le vis arriver de loin. Costume trois pièces bleu marine, cheveux gominés en arrière plutôt que sur le côté, il soignait son look de dandy italien. Cela devait lui prendre du temps, le matin. Rien ne dépassait, tout était ordonné. Le pas sûr, le regard franc, il avait une main dans une poche, l'autre tenait une sacoche de travail. Son allure tranchait nettement avec la mienne, décontractée. Il prit le temps de me détailler de la tête aux pieds avant de s'asseoir.

— C'est bien la première fois que je te vois en jean chemisier. Ça te va bien, tu es sexy.

J'étais un peu gênée par cette remarque.

— Ce n'était pas le but recherché, mais merci.

— Je suis heureux de te voir, comment vas-tu ? enchaîna-t-il sans me donner droit à la parole.

— Très bien, merci. Je reviens lundi.

— Je répondis froidement, je n'aimais pas son air mielleux.

— Et tes projets d'enfant, tu en es où ?

J'étais surprise. Il n'était pas gêné de poser ce genre de questions. Je n'avais pas du tout envie de répondre. De toute façon, il ne m'en laissa pas le temps, enchaînant la conversation.

— Ben m'a tout raconté. Tes galères, ton traitement, la

tension avec ton mari…

Ah, nous y étions. C'est vrai que je m'étais confiée à Ben, il m'avait surprise en train de pleurer, et depuis, j'étais régulièrement venue trouver du réconfort auprès de lui. Toujours à l'écoute et très encourageant, il était un précieux soutien. Alors, oui, Ben en savait beaucoup. Malheureusement il avait un peu trop parlé.

— Effectivement, il est même venu me rendre visite avant-hier, pendant sa pause déjeuner.

— Tu m'aurais demandé, j'aurais pu faire pareil.

— Et cela t'aurait peut-être évité de faire des bourdes.

Il ne m'écoutait pas, il était parti dans son délire.

— Il faut que je t'avoue quelque chose, Camille.

Enfin nous entrions dans le vif du sujet, ce pour quoi je lui avais demandé de venir me retrouver. Je le laissai donc développer sa pensée, j'espérais qu'il allait reconnaître son erreur.

— Tu sais que je t'apprécie. On travaille bien ensemble, on s'entend. Il mit sa main sur la mienne, comme pour me convaincre, et la serra fort en poursuivant.

— Tu m'attires beaucoup, surtout aujourd'hui. Il me déshabillait à nouveau du regard, ce que je ne supportais pas. Je peux te le faire, si tu veux, ce bébé. Je suis plutôt assez doué dans ce domaine, puisque j'en suis à mon troisième.

Non, je rêvais, qu'est-ce qu'il lui prenait de me faire des avances ?

Je retirai brusquement, tant bien que mal, ma main écrabouillée.

— Tu te moques de moi ? C'est quoi, ce numéro de charme ?

— C'est sérieux. Regarde-moi, je suis plutôt beau garçon, et intelligent. Personne n'en saurait rien. Tu l'aurais, ton bébé.

— Arrête ça tout de suite ! Tu n'as donc aucuns scrupules envers ta femme ? Enceinte, de surcroît. Et tu ne te demandes pas ce que j'en pense ?

— Tu ne peux pas refuser une telle proposition !

— Comment peux-tu envisager une chose pareille ? Premièrement, tu ne me plais pas. Deuxièmement, je suis mariée et heureuse avec mon mari.

— Ah, ce n'est pas tout à fait ce que j'avais compris.

— Eh bien, tu es mal informé. Il y a peut-être eu quelques tensions, mais on traverse tous des périodes difficiles. Je suis tellement bien avec lui que je veux réussir à faire ce bébé. Je donnerais n'importe quoi pour y arriver.

— Tu vois, réfléchis à ma proposition.

— Écoute, Baptiste, c'est tout vu. Tu es tellement ridicule que ça me faire rire.

Je ne pus m'empêcher de pouffer, tant j'étais abasourdie par sa proposition indécente et sa ténacité ubuesque. C'était la seule façon que j'avais trouvée pour me sortir de l'impasse dans laquelle il m'avait mise. Il n'avait pas froid aux yeux, il essayait, il n'avait rien à perdre. Je ne voulais pas rentrer dans son manège, me retrouver prise au piège et mal à l'aise au point de ne plus pouvoir travailler avec lui. Alors, en rire me permit de le repousser tout en diplomatie. Comme j'aurais peut-être encore besoin de lui au ministère, je ne voulais pas le braquer. Je décidai de ne plus le laisser mener la danse. Je repris la conversation.

— Venons-en à ce pour quoi je t'ai demandé de venir.

— Que veux-tu dire ?

— Le déplacement à Lyon, que s'est-il passé ? Pourquoi l'annonce d'un plan a fuité dans la presse locale ?

— Je n'en sais fichtrement rien. Pourquoi tu me demandes ça à moi ? Tu t'es adressée aux autres conseillers qui travaillent sur le dossier ?

— J'ai mené mon enquête.

— Ah bon, du fond de ton canapé ?

— Ne sois pas mauvaise langue, tu sais très bien que

j'ai quelques connaissances dans le milieu et qu'il n'est pas bien compliqué de les activer en cas de besoin.

— Alors, qu'a trouvé madame l'enquêtrice ?

— C'est toi qui vas me le dire. Tu n'aurais pas des contacts également à Lyon ?

— Non.

— Ah bon ?

— Non, vraiment, en politique je ne vois pas.

— Pas forcément en politique mais dans les médias. Un milieu étroitement lié au nôtre.

Après quelques instants de réflexion pendant lesquels je soutins son regard, il lâcha :

— Ah, bien sûr, tu parles de mon ami d'enfance journaliste ?

— Exactement.

— Oh, il ne ferait pas de mal à une mouche. Il m'a demandé deux, trois renseignements sur le déplacement, et je les lui ai donnés.

— Tu ne lui aurais pas confié l'idée d'un grand plan contre le cancer ?

— Disons que je ne me souviens plus vraiment des questions qu'il m'a posées. Peut-être que, dans le lot, oui, euh, c'est possible. Mais de toute façon, on discutait en off, ce n'était pas pour son journal.

— Mais bien sûr, tu es naïf ou tu le fais exprès ?

— Écoute, il ne me lâchait plus, alors il est possible que je lui en aie un peu trop dit.

— Tu ne peux pas te comporter comme ça avec les élus. Les ignorer. Ça fait des mois qu'on élabore ce plan et ce déplacement avec eux. Le maire a découvert en une des journaux les annonces qu'ils devaient faire en grande pompe avec le ministre, et cela a eu un effet désastreux. Il a cru qu'on l'avait pris en traître. J'ai mis des heures à le convaincre que ça n'était pas dans nos intentions, qu'il y avait eu probablement une fuite. Tu ne peux pas gérer les élus de la même façon que tu gères les finances ou l'économie. Il faut faire preuve de diplomatie et penser aux conséquences. Un conseil, pour demain, relis tes fiches, et surtout ne cherche pas à trop en faire. Il faut soigner les élus, mais si tu ne sais pas faire, abstiens-toi, au moins je n'aurais pas à rattraper tes bêtises.

J'enchaînais les explications sans laisser à Baptiste la possibilité de me contredire.

— De toute façon, je reviens lundi et je reprendrai les choses en main. Plus question qu'il y ait de faux pas. À l'avenir, tu n'auras plus à assurer mes fonctions car je ne serai plus absente.

En repartant, j'avais tellement briefé Baptiste qu'il en savait plus que nécessaire sur les enjeux lyonnais. J'espérais qu'il avait compris la leçon. En tout cas, j'avais, à distance, fait tout ce qui était en mon pouvoir pour devancer au maximum le manque de sagacité politique de mon collègue. Fallait-il lui faire payer son erreur en prévenant le directeur de cabinet ? J'hésitais. Mais ce n'était pas mon genre d'aller rapporter les erreurs des autres. Certes, j'étais une fille droite, mais je préférais l'aider à redresser la barre plutôt que le laisser aller à la dérive. Baptiste aurait-il été capable de manigancer tout ça ? À quelles fins ? Je n'imaginais pas le dénoncer. Et d'ailleurs, récolterais-je des lauriers ou des blâmes pour l'avoir mal accompagné sur le dossier lyonnais ? Sa chute entraînerait la mienne. J'en resterais là pour le moment, mais je gardais en tête cet obscur épisode.

Quand j'arrivai au bureau le lundi suivant, j'étais en pleine forme. Une semaine sans y mettre les pieds, cela avait été long, alors j'étais heureuse et soulagée d'y retourner. Et l'accueil du ministre, que je croisai dans les escaliers, me réjouit.

— Ravi que vous soyez de retour, Camille, même si votre collègue a bien assuré pendant votre absence.

Cela signifiait que le déplacement à Lyon s'était déroulé sans encombre. J'étais rassurée. Baptiste avait suivi mes recommandations. Maintenant, c'était à moi de reprendre les rênes et de retrouver mes fonctions. J'en eus l'occasion quelques jours après, puisqu'un grave incident me projeta sur le devant de la scène. Une explosion frappa un laboratoire de recherche sur un campus de Grenoble, faisant plusieurs blessés. Heureusement, les personnes présentes sur place avaient eu le temps d'évacuer le bâtiment avant qu'un violent incendie ne se déclare. Une telle situation d'urgence était gérée par la cellule de crise du Premier ministre mais également par nos services. Il fut très rapidement décidé que le chef du gouvernement et les ministres concernés devaient se rendre là-bas au plus vite. Un déplacement fut donc monté en urgence. Tous les conseillers étaient sur le qui-vive, moi en première ligne. Les élus ne cessaient de m'appeler pour savoir à quel moment la délégation devait arriver. Je passai donc deux jours entiers au téléphone à caler les moindres détails avec mes correspondants locaux. Alors, quand il fallut choisir un seul conseiller pour accompagner le ministre, c'est mon nom qui s'imposa. J'étais heureuse, après une semaine d'arrêt, je retrouvais toute ma place et la considération du ministre. Baptiste, lui, s'était retranché dans son domaine de prédilection, pour lequel il avait fort à faire, et c'était bien comme ça. Sur place, l'émotion était vive. Les chercheurs avaient eu très peur, peur de ne pas arriver à évacuer le campus à temps, peur qu'il y ait des morts. À quelques minutes près, des centaines d'étudiants se seraient retrouvés pris au piège sur le campus en proie aux flammes. Leur angoisse était compréhensible. Restait maintenant à inspecter, nettoyer, sécuriser les lieux, et surtout aménager au plus vite un autre lieu de travail pour les universitaires. Sur place, j'assurai mon rôle à la perfection, ce qui fut attesté quelques jours plus tard par un mot du maire de Grenoble adressé au ministre, dans lequel il se félicitait du déplacement et du rôle joué par sa conseillère parlementaire. Le directeur de cabinet l'évoqua même en réunion de cabinet, m'arrachant un discret petit sourire de soulagement. J'avais effectué un retour en force.

J'étais tellement accaparée par mon travail que j'en oubliais mon stress lié à l'attente des résultats. Une semaine était passée, et j'allais enfin savoir si j'étais enceinte ou non. Dès le lendemain, je pourrais me rendre au laboratoire pour une prise de sang. Cependant, en revenant de Grenoble ce vendredi soir, la tension ministérielle retombée, je ne songeais plus qu'à une seule chose : ouvrir cette fameuse armoire dans ma salle de bains. Cette armoire où, découragée, j'avais entreposé depuis des mois mes tests de grossesse. En quelques minutes, je saurais, je mettrais fin au suspense. C'était si simple, si attirant. Ne pas le faire signifierait que je resterais avec mes interrogations toute la nuit, avec mes tests juste à côté de moi sans y toucher. La tentation était forte. Qui pouvait bien être assez patiente pour attendre jusqu'au lendemain ? Une femme comme moi qui essaye depuis des années de tomber enceinte. Oui, c'est vrai, je n'étais plus à quelques heures près. Cela dit, le temps d'avoir les résultats, il s'écoulerait une journée. Sur le chemin du retour, j'eus tout le temps de peser le pour et le contre. La seule chose que je devais garder en tête était que seul le résultat sanguin restait probant. Quand j'arrivai chez moi, seule, je ne pus résister à l'appel de la rapidité.

Romain rentra une heure après, exténué par sa semaine de déplacement. Nous nous installâmes dans le salon avec vue sur les toits de Paris. Je le laissai me raconter les péripéties de son garage, il devait retaper une voiture de collection complètement ravagée. Une allemande, furieuse après une dispute avec son mari, s'était ruée sur son automobile munie d'un marteau, brisant le pare-chocs, la carlingue et les phares, sauf qu'elle l'avait confondue avec un véhicule de même couleur appartenant à un voisin. Une aventure qui n'avait pas manqué de faire rire toute l'équipe de Romain. L'autrice des faits en était pour ses frais. Cela ne l'empêcha pas de s'attaquer ensuite à la bonne voiture. Sur cette anecdote, je tendis une petite boîte emballée à Romain tout en lui relatant mon déplacement grenoblois. Il était étonné de recevoir un cadeau sans raison. Ce n'était ni son anniversaire, ni le nôtre, ni la Saint-Valentin, ni Noël. Il m'interrogea du regard. Je ne répondis pas. Il l'ouvrit. Le cadeau déballé, il resta estomaqué. Il me regarda, baissa les yeux, découvrit ce qu'il y avait à l'intérieur, me regarda à nouveau, cherchant dans mes yeux une réponse, un signe, un sourire, une larme. Je restai de marbre. Il retourna le test de grossesse et lut le résultat.

14

Romain soutint mon regard une dernière fois pour être certain de ne pas se tromper. Je lui fis un tel sourire qu'il n'avait plus aucun doute. Positif. Nous étions enfin sortis du tunnel dans lequel nous étions engagés depuis quelques mois. Notre projet secret allait prendre forme, allait être révélé au grand jour. Je sentis que Romain était fier et heureux, même si évidemment il me mit tout de suite en garde. J'en avais conscience, ce test n'était pas aussi fiable qu'une prise de sang. Mais tous les deux, nous ne pouvions nous empêcher de sourire. De sourire de bonheur. Ce moment tant espéré, attendu, rêvé où je pourrais annoncer « je suis enceinte » était là. Une page se tournait. Nous allions devenir une famille, comme sur ce fameux dessin marque-page. J'avais du mal à réaliser que cela était bien réel. Et comme si Romain lut dans mes pensées, il se dirigea vers moi, mit la main sur mon ventre et m'embrassa. Il me caressa les cheveux, la nuque, descendit ses mains, me faisant frissonner de désir. Il me déshabilla doucement, prit le temps d'apposer des baisers sur chaque partie de mon corps. Quelle plus belle façon de me montrer qu'il m'aimait. Ce soir-là, je sentis tout son amour et sa délicatesse, quand nos corps s'entremêlèrent. Fébrilement, nos souffles s'accélérèrent. J'étais envahie par une palette d'émotions, et surtout par ce sentiment de ne faire qu'un, tout en songeant qu'un petit être grandissait en moi.

Le lendemain après-midi, fort heureusement, le laboratoire confirma l'annonce. Je pus me réjouir tout simplement, sans retenue, sans inquiétude, sans arrière-pensée, sans angoisse. Voilà, j'attendais un bébé, mon ventre s'arrondirait dans les semaines qui suivraient, les gens me regarderaient, et je rayonnerais de bonheur. Je l'avais tant espéré, qu'il ne pouvait en être autrement pour moi. Bien loin d'être un obstacle à mon émancipation, la maternité me libérait, me donnait des ailes, me donnait envie de me surpasser. Au ministère, le lundi suivant, j'affichais encore un large sourire. J'avais l'impression d'être quelqu'un d'autre, la sensation que plus rien ne pouvait m'atteindre. En un week-end, la grossesse m'avait dotée de super pouvoirs. Il n'y avait plus uniquement moi, mais lui ou elle aussi, deux en un. Dans ma tête, j'avais déjà fait une place à mon bébé, ma seule préoccupation était son bien-être. Je savais déjà que j'allais adorer ces neufs prochains mois. Toutes les femmes ne veulent pas forcément de bébé ou n'aiment pas forcément être enceintes. Ce n'était pas mon cas. Ce n'était pas pour cela que je mépriserais les autres. Chacun a son ressenti, ses émotions, un parcours différent. Les femmes se passeraient bien des leçons de morale de certains « tu portes la vie, alors tu devrais être heureuse ». C'est très dur de porter la vie, quand on ne l'a pas souhaité, parce que ce petit être en devenir s'immisce dans nos pensées, dans nos rêves, dans nos projets, dans notre inconscient, dans notre travail, dans nos sorties, dans nos conversations. À partir du moment où une femme apprend qu'elle est enceinte, le bébé est déjà dans son ventre, dans sa tête, dans son cœur. Elle respire, mange, boit et vit pour lui.

Pour le moment, j'aspirais à garder encore quelque temps pour moi et moi seule mon petit secret au ministère. Je n'avais pas l'intention de le dévoiler dans les jours qui suivaient. Cependant, rapidement, au cours de la semaine, je soupçonnai Sophie d'avoir lu en moi. À la façon dont elle me dévisageait et scrutait le moindre détail, je compris qu'elle avait deviné mon état. J'en eus le cœur net lors de notre rituel mensuel, notre fameux dîner *Sex & the City*.

— J'en étais sûre ! m'interrompit brusquement Sophie, lorsque j'annonçai la nouvelle, comme si elle voulait s'approprier mon annonce. Comment avait-elle bien pu voir à l'intérieur de mon corps ? J'eus tout à coup ce curieux sentiment qu'elle me volait mon secret. Elle m'avait coupé net les ailes, ce qui n'échappa pas à Morgane.

— Félicitations, ma belle ! C'est plutôt ça qu'on doit tous te dire.

Les filles m'acclamèrent toutes en chœur. Mais je sentais Alice tendue.

— En tout cas, tu n'as pas peur, tu n'as même pas attendu les trois mois pour l'annoncer !

— Je n'aurais pas dû vous le dire, c'est ça ?

Je me tournai vers Sophie.

— De toute façon, comme tu l'avais deviné, je suppose que tu n'aurais pas pu t'empêcher de me poser la question, si ? Et puis, vu mon parcours, j'ai envie de me réjouir un peu.

— Ça se comprend ! assura la pétillante Morgane.

— Tu l'as déjà dit au ministère ?

— Non, bien évidemment, et je compte sur ta discrétion, Sophie !

— Pas de souci, je suis une tombe.

— Ils vont forcément s'en douter, car le directeur de cabinet et le ministre savaient pertinemment que je suivais un protocole, alors les pronostics vont aller bon train.

— Cela risque de nuire à ta carrière, en tout cas !

— Pourquoi dis-tu ça, Alice ?

— Camille est enceinte et elle est vouée à de grandes choses.

— Et devenir maman n'est pas une grande chose ?

— Ne me fais pas dire ce que je n'ai pas dit, Morgane.

— Regarde, toi tu étais vouée à être une grande professeure, thésarde et tout et tout. Tu as tout foutu en l'air pour repartir de la base et te lancer dans une carrière d'avocat.

— Ce n'est pas la même chose, un enfant va lui mettre des bâtons dans les roues. Tu le penses aussi Morgane, tu ne t'en caches pas !

— Et alors ? Ce n'est pas pour ça que je pense qu'être maman est un obstacle à l'émancipation de la femme.

En nous entendant parler, je repensais à la discussion que j'avais eue avec Stella, quelques jours avant. Quand je lui avais fait part de l'heureuse nouvelle au téléphone, elle avait été aux anges. Elle m'avait presque rendue sourde avec ses hurlements de joie et puis elle était partie dans un monologue de féministe libre. Libre de travailler, d'être mère, d'être heureuse. Elle avait une fois de plus compris mes craintes et mes angoisses, alors que j'étais dans une période faste au niveau professionnel. « La vraie libération de la femme est aussi dans l'essence même de cette dernière, la liberté de la maternité. Simone de Beauvoir nous a ouvert la voie, à nous de continuer. C'est à ce moment de notre vie que nous avons besoin d'un discours progressiste. » C'était Stella telle que je la connaissais et que je l'aimais. Ces mots avaient renforcé mes convictions, je pouvais être enceinte et assurer dans mon travail. La preuve, j'étais revenue plus forte que jamais au ministère. Je repris la parole.

— Ce n'est pas un choix de second ordre pour moi, ce n'est pas à vous que je vais l'apprendre. On a tellement galéré, avec Romain.

— En tout cas, pour l'instant, tu assures au ministère, je peux l'attester, s'enorgueillit Sophie.

— Et je compte bien continuer comme ça.

— Au pire, tu rebondiras après, affirma Alice, plus nuancée.

— Et alors, c'est pour quand, exactement, ce bébé ?

— Le 10 juin. Si je vais au terme.

— Pourquoi dis-tu ça ? C'est un peu tôt pour savoir, non ?

— Disons qu'il se peut que ce soit une grossesse multiple.

— Comment ça ?

Toutes les trois, consternées, attendaient.

— Il se trouve que la prise de sang indique un fort taux de bêta-HCG. Il est supérieur à ce qu'il devrait être pour une grossesse simple.

— Et quand est-ce que tu sauras ?

— Si le taux continue d'augmenter dans les jours qui viennent, ce serait une première indication. Ensuite, je dois faire une échographie pour connaître le nombre d'embryons.

— Parfait, tu vas vite être fixée.

— Oui, plus ou moins, disons dans quinze jours.

— C'est stressant, tout de même.

— C'est clair. Après, ce sont les risques de la PMA, le médecin nous avait prévenus. J'ai eu une forte réaction, alors il n'excluait pas une grossesse multiple.

— Mais multiple, ça veut dire plus de deux ?

— Bien joué, Sophie ! tacla Morgane. Ça peut être trois ou quatre.

— Ce serait embêtant. Très embêtant. Enfin, pour l'instant nous n'en sommes pas là.

Parler de ce sujet m'angoissait. Je ne voulais pas y penser maintenant, je souhaitais juste me réjouir et profiter de cet état d'euphorie lié à l'annonce de ma grossesse, vivre l'instant présent, le reste attendrait. Pour détourner les filles du sujet, je lançai Morgane sur ses histoires d'amour croustillantes. Autant dire que cela nous occupa tout le reste du dîner, à mon grand soulagement. Je quittai les filles en leur promettant de leur donner des nouvelles. Même si nous avions toutes des convictions et des chemins de vie différents, notre diversité faisait la richesse de nos petits dîners, et j'appréciais nos discussions.

Finalement, ce fut l'annonce à nos parents qui fut la plus déconcertante. Nous les retrouvâmes dans un restaurant au cœur de Strasbourg. À cette époque de l'année, la ville n'était pas encore prise d'assaut par l'effervescence des touristes en quête de l'ambiance féerique de Noël ou par les familles transportées par la frénésie des achats de fin d'année. La cité se préparait en douceur, prenait son temps pour se parer de ses plus beaux habits. De grandes remorques débarquaient les fameux chalets en bois qui attendaient d'être enguirlandés. Les odeurs de vin chaud, de bretzel et de pain d'épice n'embaumaient pas encore la place de Broglie et les ruelles de la cathédrale. Les santons et les jouets en bois attendaient bien au chaud d'être sortis de leurs boîtes. Décorations et illuminations commençaient progressivement à envahir les façades des maisons à colombages. La métamorphose de Noël n'avait pas encore eu lieu. Romain et moi aimions cet avant-fête, ce remue-ménage avant l'heure. Nous profitâmes de l'apéritif pour faire notre annonce. La réaction de nos parents fut dans un premier temps le soulagement. Ma belle-mère nous avoua qu'elle avait eu très peur, car elle savait par des amies que c'était une bataille très difficile à mener. Ils étaient tous ravis pour nous. Mais quand j'évoquai ensuite l'idée d'une possible grossesse multiple, ce fut la douche froide. Les questions fusèrent de toutes parts.

— Comment allez-vous faire ? Vous n'avez déjà pas de place pour un bébé, alors pour deux ?

— Tant qu'ils sont petits, maman, nous n'avons pas besoin de bouger, on verra après.

— Et puis nous sommes tous les quatre loin, qui va

t'aider ? surenchérit ma belle-mère, à croire qu'ils s'étaient tous ligués pour me plomber la soirée.

— On regarde les modes de garde, les nounous, les crèches.

— Pour cela, il faudrait déjà changer d'appart, c'est bien ce que je dis.

— Oui, maman.

Au moins, en répondant par l'affirmative, ce sujet était clos. Mais il fallut peu de temps pour que les parents en trouvent un autre.

— Et votre voiture ?

— La question ne se pose pas, à Paris, nous circulons très peu en voiture.

— Oui, mais tu ne comptes quand même pas venir à Strasbourg en train avec tes bébés, si ?

— Maman, je te rappelle que Romain a des garages, il pourra bien trouver une solution.

— Ah, oui, c'est sûr.

— Sinon, l'accouchement, que t'a dit le médecin ?

— Tant qu'on ne sait pas si c'est multiple, il ne se prononce pas.

— C'est pratique, ça.

— Nous ne savons pas grand-chose pour l'instant. Et je vous rappelle qu'il faut attendre trois mois par sécurité. On aurait peut-être dû patienter, mais on avait très envie de vous annoncer que vous allez être mamies et papys !

— D'ailleurs, si vous pouviez éviter d'utiliser ces surnoms ringards, ce serait bien.

— Vous avez neuf mois pour y réfléchir !

— Avec tout ce que vous avez vécu, vous avez bien raison de ne pas attendre. Au moins, si cela se passe mal, nous serons là pour vous.

— C'est gentil, belle-maman. Enfin, on préférerait quand même que tout se déroule pour le mieux.

— Ne nous angoissons pas à l'avance.

Avec sa phrase, Romain avait mis fin à la polémique. Nous évoquâmes ensuite les fêtes de Noël, et il fit en sorte que les questions ne reviennent plus sur la table. Il avait remarqué que j'étais à bout. Je comprenais que les parents puissent être protecteur pour notre santé, notre bien-être, mais là c'était trop. J'avais envie de leur hurler de me laisser vivre mes expériences, mes joies, mes déceptions, mes angoisses. À croire qu'ils ne percevaient pas mes inquiétudes. Peut-être aurais-je dû être plus mesurée ? Mais cela faisait plusieurs mois que je me retenais et j'avais envie d'exploser, tellement j'étais heureuse d'être enceinte. Probablement que dans quelques jours ils auraient raison, et ma joie retomberait.

En rentrant à Paris à la fin du week-end, je fus comme soulagée. Soulagée de ne plus avoir à répondre aux interrogations des uns et des autres, lesquelles au passage étaient aussi les miennes, celles pour lesquelles je n'avais pas de réponses. J'avais à tout prix besoin de sérénité. Je ne pouvais aborder une semaine de travail avec une telle tension. Aussi, quand je fus arrivée à l'appartement, Romain me suggéra de me glisser dans un bain avec un bon livre. En quelques minutes, la lecture me plongea ailleurs, me faisant oublier mon anxiété. L'eau me portait, me délassait pendant que je m'abandonnais à l'histoire d'un soir. Heureusement, à la fin de la semaine, je serais fixée sur ce qui commençait à se former dans mon ventre. Il était grand temps.

Ce jour-là fut un peu comme celui où j'avais découvert que j'étais enceinte. C'était un samedi matin de novembre. Quelques arbres arboraient encore les couleurs d'automne, mais la plupart s'étaient déjà dépouillés pour se préparer à l'hiver. Ils vivraient au ralenti et économiseraient de l'énergie pour mieux repartir au printemps. Il était tôt, et la douce lumière des réverbères venait réchauffer les tapis de feuilles mortes le long des caniveaux. Les joggeurs étaient un peu plus couverts, les touristes faisaient déjà la queue au pied de la Dame de fer, les livreurs avaient toute la route pour eux seuls, les chiens profitaient d'une promenade entre deux averses, les amoureux se lovaient l'un contre l'autre pour affronter la légère brise automnale. Nous marchions lentement, Romain et moi. J'appréhendais le rendez-vous. Je craignais que le médecin m'annonce plus d'un bébé. Que se passerait-il dans ce cas-là ? Quand j'avais évoqué la question avec lui, il m'avait répondu : « Chaque chose en son temps, faites votre écho, et nous aviserons si nécessaire. » Je comprenais simplement que ma grossesse deviendrait alors multiple et donc à risque. C'est-à-dire, selon le docteur Internet, qu'il s'agirait d'une grossesse pathologique, avec un risque pour les bébés ou la mère en début ou en cours de grossesse, ou encore au moment de l'accouchement. Ce qui signifierait une prise en charge spécifique et un gros suivi, soit plus de consultations, plus d'échographies et plus d'analyses. Étant donné que j'avais déjà une bonne expérience en ce domaine, cela ne me poserait aucun souci. En revanche, si jamais c'était plus que deux, à savoir trois, quatre, voire plus d'embryons, là c'était le trou noir. Personne ne m'avait dit ce qu'il se passerait. J'avais juste remarqué que mon médecin trouvait mes taux dans les analyses de sang élevés, beaucoup trop élevés. Même s'il avait tenté de minimiser sa réaction par la suite, il m'avait tout de même stressée. La veille au soir, j'avais eu du mal à trouver le sommeil. Quand enfin je fus endormie, l'image de six bébés tournoyant dans mon ventre devenu difforme, se poussant les uns les autres, cherchant de la place, se donnant des coups de pied, m'avait obsédée jusqu'au petit matin. C'est exténuée et très tendue que j'arrivai au cabinet de radiologie. C'était au dernier étage d'un immeuble haussmannien. Heureusement, il y avait un ascenseur, ce qui, finalement, paraissait assez logique pour un cabinet ne recevant que des femmes enceintes. Nous étions les premiers, donc les seuls dans la salle d'attente. Les murs étaient tapissés de posters médicaux ou de conseils du style diabète de la femme enceinte, calendrier des échographies, comment bien s'occuper de vos bébés, et puis il y avait un tableau en liège recouvert d'une multitude de faire-part, plus originaux les uns que les autres, tout comme les prénoms. Je me mis à lire les jolies cartes. Tout de suite, je constatai qu'il était écrit « nous avons la grande joie de vous annoncer la naissance de Grégoire, Guillaume et Garance », « Emma, Léa, Anna, Julia », « Léo et Lou », « Léonard, Blandine et Madeleine »... À chaque fois, plusieurs prénoms. Mon médecin m'avait donc envoyée vers un spécialiste des grossesses multiples. Je n'en doutais plus. Je n'eus pas le temps de reprendre place et d'en parler à Romain, que le médecin vint nous chercher. C'était une femme. Elle était petite, les cheveux courts, la cinquantaine, avec des petites lunettes, revêtue d'une blouse d'un blanc immaculé, un style, somme toute, assez strict.

En quelques minutes, nous lui évoquâmes notre parcours et les raisons de notre présence, ce à quoi elle répliqua : « Venez, nous allons vite être fixés. » Enfin, j'allais savoir si mon médecin avait exagéré ou pas. Le produit froid sur mon ventre me crispa un peu plus. Romain était assis à côté de moi. L'émotion était palpable. Tous les deux, nous étions silencieux, observant les manipulations de l'échographiste. Nous étions comme suspendu à ses lèvres pour avoir un verdict. Elle prenait son temps, relevait la tête, rajustait ses lunettes, scrutait mon ventre, notait des chiffres, plissait les yeux, revenait en arrière, réfléchissait. Au bout de quelques minutes, elle s'arrêta pour nous dévisager sans dire un mot. Elle faisait durer le suspense, elle devait aimer ça. Moi un peu moins. Tout à coup, elle tourna l'écran vers nous. « Regardez par vous-même ! »

15

Trois minuscules étoiles scintillaient.

Trois petits cœurs.

Des triplés.

Une grossesse multiple.

À risque.

Je ne savais pas si je devais être heureuse ou paniquée. Romain non plus. Je me tournai vers l'échographiste, guettant une réaction de sa part. Rien. Elle avait baissé la tête, prenait son temps pour reposer le matériel et tapait sur son clavier. Elle se leva et nous indiqua que c'était terminé et que nous pouvions prendre place dans son bureau jouxtant la salle d'examen. Quand j'osai enfin prendre la parole, « trois ce n'est pas trop ? », elle daigna simplement me répondre que c'était compliqué. Décidément, ce mot continuait à faire partie de ma vie. Elle n'était pas en mesure de me dire ce qui m'attendait. Il fallait que je voie avec le médecin qui suivait ma grossesse. Il avait l'habitude des grossesses multiples et saurait nous conseiller. Alors nous repartîmes avec un CD, un compte rendu et l'échographie imprimée en noir et blanc sur laquelle trois petits sacs étaient entourés. Sur le chemin du retour, Romain et moi nous posâmes mille questions, et pourtant toute discussion était stérile. La seule chose dont nous pûmes convenir était que nous devions obtenir un rendez-vous au plus vite avec le docteur Flamand.

Quinze jours plus tard, son verdict tomba comme un couperet.

— Vous ne pourrez pas porter trois bébés.

— Mais, des triplés, il y a quand même pas mal de femmes qui en ont.

— Vous êtes fine, la grossesse est trop risquée pour vous comme pour les bébés. Le corps de la femme n'est pas fait pour accueillir plusieurs embryons. La science a fait beaucoup de progrès en vous permettant d'avoir recours à la PMA, mais cela expose aussi à ce risque. On le sait bien. La seule solution que je vous propose est d'avoir recours à une réduction embryonnaire.

Romain qui aimait la précision demanda une explication.

— Cela consiste à enlever un des embryons en injectant un produit pour arrêter l'activité cardiaque, cela se fait sous échographie.

— C'est paradoxal, on a essayé pendant des mois d'avoir un enfant, et maintenant on nous demande d'en enlever un.

— Madame, la PMA vous offre un peu de malheur pour beaucoup de bonheur. C'est la vie de tous qui est en jeu. Je vous rappelle qu'on est au stade de l'embryon, ce ne sont que des cellules.

— Quels sont les risques si l'on choisissait de continuer la grossesse telle qu'elle est ?

— Monsieur, je ne vais y aller par quatre chemins. Prématurité, décès d'un ou plusieurs fœtus, retard de croissance, danger de rupture de l'utérus, hémorragies, complications graves pour votre femme… la liste est encore longue. Il en va de la survie de vos bébés et de votre femme.

— Je crois que nous n'avons pas vraiment le choix.

— Je ne le crois pas, j'en suis certain.

Même s'il nous donnait une semaine de réflexion, le débat était clos. La décision nous revenait, mais elle penchait clairement en faveur d'une intervention. Nous échangeâmes longuement, Romain et moi, tout le weekend, toute la semaine, au téléphone, au restaurant. Du côté de nos familles, les petites remarques logistiques laissèrent place à des préoccupations plus graves sur ma santé et celle des futurs bébés. Heureusement, au ministère, je retrouvais un peu de légèreté grâce à Ben qui parvenait toujours à détendre l'atmosphère.

— Tu sais, Cam, tu peux toujours me le donner, ton troisième bébé. D'ici à ce que j'ai une relation sérieuse, tes mômes auront dix ans. Et en plus, faire un bébé, pour deux mecs, ce n'est pas si simple !

— Je te rappelle que mon prénom est Camille, et puis je te rappelle que, pour moi non plus, ce n'était pas simple de tomber enceinte.

— Alors tu ne dis pas non, tu serais d'accord ?

— Mais, voyons ! Si je pouvais, je le garderais, ce troisième embryon. C'est juste que je n'ai pas vraiment le choix.

— La vie est quand même mal faite. Tu veux des enfants, tu n'y arrives pas, et une fois que tu y arrives, il y en a trop.

— C'est bien résumé.

— Mais concrètement, tu sais comment cela se passe ? Ils choisissent quel embryon ? Ils jouent à pique-nique-douille c'est toi l'andouille ?

— N'importe quoi, le médecin m'a dit le plus accessible. Ne m'en demande pas trop, d'ailleurs, je préfère ne pas trop en savoir avant l'intervention.

Je me tenais dans l'encablure de la porte de son bureau. Il se leva pour venir jusqu'à moi.

— T'inquiète pas, ma belle, ça va bien se passer. Ton Ben veille sur toi, me déclara-t-il en m'enlaçant.

— Arrête, tu m'étouffes ! Et puis on va finir par croire que tu es devenu hétéro !

C'était la bonne technique pour le faire tout de suite lâcher prise. Nous partîmes dans un fou rire qui me fit du bien, tellement de bien que je décidai de renommer le bureau de Ben, « QG du rire ». Je l'aurais bien embarqué avec moi pour mon dîner *Sex & the City*, mais il avait d'autres rendez-vous plus à son goût. Les filles auraient adoré son humour, son aisance et sa canaillerie.

À peine étions-nous réunies dans notre QG italien, que mes trois amies prirent des nouvelles de ma grossesse.

— Tu dois faire une réduction embryonnaire ? C'est risqué, quand même, non ?

— Oui, disons qu'il ne faudrait pas qu'une infection se développe dans les jours qui suivent.

— Euh, dis-moi, c'est un euphémisme pour parler d'avortement, en fait, non ?

— Oui, c'est un avortement… disons, partiel.

— Mais cela ne te pose pas de problèmes moraux et éthiques ? Tu vas quand même tuer un bébé ! Je ne sais pas, ça donne à réfléchir, tout de même.

— Je t'arrête tout de suite, Alice, premièrement, on a longuement réfléchi, et deuxièmement, il ne s'agit pas encore d'un bébé mais d'un embryon, à savoir un ensemble de cellules.

— C'est déjà un être vivant.

— Non, tu sais le très bien, en tant que juriste, que le fœtus n'acquiert une personnalité juridique qu'à la naissance. Les cellules d'un embryon sont simplement un être en devenir, comme un candidat à l'élection présidentielle. Il est un potentiel futur président mais ne l'est pas encore. Attention, ce n'est pas pour ça qu'on peut faire n'importe quoi. Il y a un cadre.

— On te reconnaît bien là, à tes références politiques ! Cela dit, les filles, ne rentrons pas dans ce débat, sinon on en a pour des heures.

— En tout cas, je ne voudrais pas être à ta place !

— Ça tombe bien, tu ne l'es pas ! tacla Morgane, qui une fois de plus ne ménageait pas Alice.

— De toute façon, elle n'a pas le choix, il en va également de sa vie, conclut Sophie.

Une fois n'est pas coutume, elle s'était octroyée le mot de la fin. Nous bifurquâmes sur des sujets plus légers, la recherche des prénoms, mon organisation, mes choix de poussettes. Pour autant, en quittant le dîner, je gardais un goût amer, je repensais à nos désaccords.

Ces discussions m'avaient remuée. Le lendemain matin, je me réveillai pantelante, en sueur, avec l'impression que j'avais trois bébés morts dans les bras, et cette comptine qui raisonnait dans ma tête :

« Pic nic douille c'est toi qui seras l'andouille,
Mais comme le roi ne l'veut pas,
Tu n'le seras pas. »

Je divaguais. Je ne savais plus ce que je devais faire. J'étais perdue, en larmes dans mon lit. Romain me prit dans ses bras pour me rassurer. Je me demandais bien comment il faisait, lui, pour ne pas avoir de doutes. Aussi, les quelques mots qu'il me susurra à l'oreille me réconfortèrent et me firent prendre conscience que lui aussi partageait le drame qui se jouait au fond de mon cœur. « Tu te souviens de cette phrase : aucune femme ne recourt de gaieté de cœur à un avortement. J'ajouterais : qu'il y ait une raison médicale ou pas. Tu comprends, le risque est vraiment trop grand de les perdre tous et de te perdre toi. » Il dit aussi qu'il n'y avait pas de bonne ou mauvaise décision, que c'était la nôtre, voilà tout. Notre choix serait le bon, il ne faudrait jamais en douter. C'est ce qui ferait notre force.

C'est ainsi que le jour dit, je me montrai moins tourmentée. Pour me rassurer, j'avais finalement eu besoin de tout savoir lors du dernier rendez-vous médical. Ainsi, je pouvais imaginer les gestes que le médecin allait effectuer. Je savais où il allait et comment se déroulerait l'intervention. Son attitude claire, franche, précise, honnête, m'aidait beaucoup. Au final, il nous avait donné l'illusion d'un choix, mais c'était ce qui nous convenait, une attitude plus velléitaire nous aurait désorientés. Il me dit de ne pas regarder. Alors je fermai les yeux. Romain me tint la main pendant que l'échographiste accomplit sa tâche avec une grande maîtrise. Lui il regardait. Je pensais à des choses heureuses, aux préparatifs liés à l'arrivée des bébés, aux fêtes de Noël enceinte, aux promenades que nous ferions avec eux ; mais pour une fois, surtout pas à l'instant présent.

C'était fini. Nous repartîmes doucement en voiture, j'avais pour ordre de me reposer. J'écopais encore d'une semaine d'arrêt, mais j'en avais informé le ministère en amont. Par chance, la semaine s'annonçait calme. J'avais eu le temps de préparer les dossiers. N'ayant pas de texte en cours de lecture dans les assemblées, il ne s'agissait que des questions au gouvernement. S'il devait y en avoir une à l'attention du ministre, le directeur de cabinet se mettrait en relation avec moi et prendrait la relève. Mais l'actualité étant calme dans notre domaine, il n'y avait a priori rien à l'horizon.

Seule, allongée sur mon canapé, entre les siestes, les appels téléphoniques, les mails professionnels, les séries débiles à la télé, je ne vis pas la semaine passer. Ce qui fut le plus perturbant était cette idée qu'il en restait deux. Deux qui avaient eu plus de chance que l'autre. Néanmoins, la joie de la grossesse reprit progressivement le dessus, et le retour au travail fut mon exutoire, me débarrassant de mes derniers démons. Une semaine de pause, et c'était plusieurs parafeurs entassés qui m'attendaient sur mon bureau. Cela aurait pu être décourageant, mais non, j'aimais prendre le temps d'élaborer la bonne réponse, de trouver la solution aux questions qui y étaient soulevées. Et surtout, cela m'occuperait l'esprit. Je repartais vers mon monde, celui de la politique. Pourtant je sentais que quelque chose avait changé. Je ne parvenais pas bien à dire ce qu'il se passait, mais rien qu'en montant les escaliers du ministère, ils avaient été nombreux à ne pas simplement me dire bonjour mais à demander de mes nouvelles. Curieux, tout à coup, cet altruisme qui avait envahi le cabinet. Était-ce mon état qui m'attirait la sympathie des autres ? J'en doutais, dans ce milieu, il y avait très peu de place pour l'empathie. Tout cela ne me paraissait pas très naturel. C'est en arrivant à mon secrétariat que je compris.

— Je suis désolée, je n'ai pas eu le choix.

— Le choix de quoi ?

— Baptiste ne vous a rien dit ?

— Non, je ne l'ai pas eu au téléphone de la semaine et je ne l'ai pas encore vu. Pourquoi ?

— Il est venu demander le dossier de grande soirée au Muséum d'histoire naturelle.

— Qu'est-ce que vous racontez ? Pourquoi en aurait-il eu besoin ?

— Je n'en sais rien, il a dit que c'était vu avec vous.

— Ah, il vous a bien bernée ! Rien n'a été vu avec moi. Vous auriez dû m'appeler.

— Je n'ai pas osé.

— Moi, j'aurais préféré. Bon, je vais de ce pas mettre cette histoire au clair.

Autant dire que mon pas déterminé résonnait sur le parquet du premier étage. J'étais annoncée et je ne pris pas la peine de toquer à la porte du bureau de mon collègue.

— Décidément, à chaque fois que je m'absente, tu grignotes du terrain.

— La grossesse ne te rend pas aimable, à ce que je vois.

Bonjour, Camille, comment vas-tu ? Tout s'est bien passé ?

— Je ne suis là que pour une seule chose, qui t'a permis de prendre le dossier du Muséum ?

— Personne. Enfin, je n'avais pas le choix, tu n'étais pas là.

— Et tu ne pouvais pas m'appeler ?

— Tu avais assez de problèmes comme ça, je n'allais pas t'ajouter du stress. J'ai bien dû trouver une solution.

— Pourquoi cela ? Il y avait une urgence ? Cela ne pouvait pas attendre mon retour ?

— Ne t'énerve pas, ce n'est pas bon pour toi.

— Mais qu'est-ce que vous en savez, tous, ce qui est bon ou pas pour moi ? Alors, c'était si urgent que ça ?

— Oui. Le directeur de cabinet m'a demandé de reprendre la main.

— Ah bon, pour quelles raisons ?

— Eh bien, il a dû penser que cela te soulagerait un peu. Tu es enceinte, un peu plus fatiguée, ce qui est normal. Regarde, ma femme, elle était trop épui…

— Je m'en fous, de ta femme. Je ne suis pas pareille. On n'a même pas daigné me demander mon avis.

Le coup de poignard. Dans quel but ? Je n'avais jamais commis de faux pas, j'avais assuré du mieux que je pouvais pendant mes semaines d'absence. Le ministre était plutôt content de moi et me l'avait même dit de vive voix. Alors pourquoi ? Certes, j'étais un peu plus fatiguée en fin de journée, mais je prenais sur moi, je m'efforçais de ne rien montrer. J'assumais ma charge de travail, même depuis mon canapé, je continuais. La seule différence était que je n'avais pas pu me rendre à quelques déplacements, notamment à Lyon et aux dernières questions d'actualité. Mais cela ne méritait tout de même pas de me voir supprimer un dossier important. D'autant plus important que c'était mon projet, monté par moi et moi seule. Celui que le ministre avait choisi. Pas un autre. Pas celui de Baptiste ni de Ben. Le mien. Comment avait-il pu me retirer mon bébé ? Celui que j'avais couvé pendant des mois. Je claquai la porte sans même me retourner.

Il avait suffi d'une annonce, grossesse, pour que ma vie change. Et pourtant, jamais je n'aurais cru qu'ils puissent agir ainsi, me mettre de côté, moi qui donnais toujours le meilleur de moi-même, qui restais des soirées entières, des nuits en séance, des week-ends pour travailler. Le résultat était que cela n'avait servi à rien. J'avais tout sacrifié pour ce boulot, mais là, c'était moi qui me retrouvais sacrifiée. Enceinte, cela voulait donc dire que j'étais diminuée, pour eux, incapable d'assumer mes responsabilités ? En 1974, seule une femme sur deux travaillait. Ce pourcentage est passé à deux tiers. Et avec deux enfants par femme en moyenne, autant dire que les entreprises ont eu le temps de s'adapter. Eh bien, non, les préjugés continuaient de persister. Je les entendais, ces petites réflexions, « tu as moins la tête au travail », « tu ne peux plus prétendre à ce poste, tu es enceinte ! », « non, mais toi, on ne peut pas compter sur toi, tu ne reviendras peut-être pas ». Les stéréotypes de ce genre, les phrases toutes faites, nous blessent en silence, nous stressent insidieusement. Alors, que se passe-t-il ? Pour ne pas entendre ça, les femmes travaillent deux fois plus. Pour prouver de quoi elles sont capables, quitte à se mettre en danger. Moi, par exemple, personne ne m'avait obligée à suivre les dossiers depuis chez moi, mais j'y avais mis un point d'honneur pour leur démontrer que je n'avais pas perdu mes compétences en tombant enceinte. Voilà ce que j'en récoltais : j'étais dépossédée de mes dossiers, évincée. Je partis me terrer dans mon bureau. Je n'avais plus envie de faire ces fichus parafeurs, de répondre aux appels des élus, ni de préparer la réunion de cabinet. Je regardais le fichier soirée MHN sur mon écran d'ordinateur. J'y avais compilé mes idées, les listes des invités, les contacts téléphoniques, les rendez-vous à prendre, le plan du lieu, le déroulé, la maquette de l'invitation… Plus d'un an et demi de travail. La soirée de fin de législature, en faveur de la recherche scientifique, la dernière avant les élections. En un clic, je mis tout à la corbeille. Rayé de mon ordinateur. Rayé de ma vie. Je restai enfermée tout le reste de la journée dans mon bureau. J'en sortis uniquement pour aller déjeuner, une pause à l'extérieur, pour une fois. Je n'avais pas envie de côtoyer les autres et leur fausse bienveillance. J'avais du mal à faire semblant, et pourtant, dans les semaines qui suivraient, je savais que je le ferais à nouveau pour mon salut.

Dans les couloirs, la rumeur allait bon train. La vague passait, repassait, le mot lâché dans un couloir faisait du porte à porte. Les bureaux se fermaient, les messes basses s'intensifiaient. Elle amusait, intriguait, angoissait, elle jouait avec nos nerfs. Elle transportait la honte, la fierté ou la raillerie. Elle pouvait être violente, douce ou cruelle. Elle était boulimique, elle se nourrissait de tout. Elle touchait, blessait, détruisait, valorisait ou dévalorisait, faisait sourire ou pleurer. Elle n'en avait cure, elle persistait. Elle fonctionnait sur le ressort de la peur, de l'inconnu et de l'angoisse. Elle est difficile à contrôler, la rumeur, et encore plus à arrêter. Cela faisait plusieurs jours que certains m'évitaient, que les conversations se faisaient plus courtes, que les conseillers restaient cloîtrés dans leurs bureaux. J'avais la sensation que quelque chose se tramait. Alors, quand la nouvelle tomba, en réunion de cabinet, cela ne me surprit pas.

— Tu comprendras, Camille, on a pensé à toi, à te ménager.

Non je ne comprenais pas, non ils n'avaient pas pensé à moi, ou mal en tout cas. Qu'ils aillent se faire voir, avec leur bonne conscience.

— En temps normal, cela te serait revenu de droit.

— Comment ça, en temps normal ? Pour moi, tout

était habituel, j'étais fidèle, présente et efficace. Aucun dossier à la traîne.

— De toute façon, c'est la fin de la législature, il ne s'agira que de quelques mois afin que nous ayons un interlocuteur compétent.

Et alors, cela représentait tout de même cinq mois. C'était une reconnaissance, une mise en avant. N'aurait-il pas pu y avoir un binôme ? C'était pourtant si simple, travailler à deux, se compléter, s'épauler. Je l'avais déjà fait.

Je voyais flou. Je regardais dans le vide, puis sur mes papiers, il fallait que je me raccroche à quelque chose et surtout ne pas croiser un seul regard. J'aurais dû m'y préparer, la rumeur était parvenue jusqu'à moi, mais je l'avais mise à la porte, n'y croyant pas. Mon voisin me trouva blanche, tout à coup. Il insista pour aller me chercher un verre d'eau. Je n'émis aucune objection. Ma bouche était pâteuse, et même si j'avais voulu, aucun son n'en serait sorti. Mon café-croissant me restait en travers de la gorge. Le dégoût montait doucement dans ma trachée. Je me retenais. Je ne voulais surtout pas qu'ils me voient tous craquer. Je résistais. Je ne flancherais pas. Je ne verserais aucune larme devant eux. Je garderais la tête froide. Baptiste souriait. Il paradait, lui qui avait toujours envié ma relation privilégiée avec le ministre. Son plan avait bien fonctionné. Il touchait enfin au Graal. Une belle reconnaissance. Lui, c'est sûr, il pouvait avoir un enfant sans que cela impacte sa carrière.

C'était officiel. Il était désormais le nouveau chef de cabinet.

16

Je devrais dorénavant rendre des comptes à Baptiste. Il avait pris ses quartiers au rez-de-chaussée, en lieu et place de l'ancienne chef de cabinet. Juste à côté du directeur et du ministre. Plus qu'un symbole, un sacrement. Ben, lui, avait l'air complètement détaché. Il n'en avait cure, de tout ce cinéma. Il m'impressionnait par son flegme à la british. À croire qu'il avait été éduqué à l'époque d'une Angleterre victorienne dans une *public school* au règlement très strict, avec des garçons de la haute société qui apprenaient à ne pas montrer leurs émotions et à rester droit face à l'adversité. Un mystère de sérénité, pour moi.

— Comment fais-tu pour rester imperturbable ? Que Baptiste fasse son cador ne te gêne pas ?

— Ça me passe complètement au-dessus, ma chère.

— Pourquoi ça ? Tu as forcément un secret.

— Déjà, je n'ai aucune chance avec lui, mais ça tu le sais tout aussi bien que moi. Je l'ai éliminé de ma liste de secours.

— Ta liste de quoi ?

— De secours, quand je n'ai rien à me mettre sous la dent, hop, j'appelle Jo, Alex, Vince, bref, les copains toujours là en cas de besoin. Tu veux que je t'explique en détail ?

— Non, ça ira bien comme ça. Mais sérieusement, ça

ne t'énerve pas, ce comportement de petit chef, tout à coup ?

— Moi, je suis de passage, ici, comme toi. Je ne rêve pas d'être un apparatchik mais un élu. Un homme de terrain. Ce n'est pas en gravant les échelons ici que j'y arriverai. Je préfère aller battre la campagne pour un candidat. Son poste de chef de cabinet ne me fait pas tripper. Moi je veux commencer par distribuer des tracts, tenir des permanences pour les élus, prendre part à de vrais débats publics, coller des affiches, pleurer de joie ou de déception à l'élection du candidat que j'aurais soutenu. Voilà ce que je rêve de faire.

— Eh bien, quel programme ! Tu comptes t'y prendre comment ?

— Tu sais, les candidats sont toujours friands d'avoir un homo de service dans leur camp. Alors je vais vite faire mon trou, si je puis dire.

Son petit jeu de mot me fit sourire. J'aimais son naturel, Ben n'avait pas froid aux yeux, et c'était un atout, dans ce milieu. Il poursuivit le déroulé de son plan.

— Je vais commencer par faire campagne pour les présidentielles, chez moi, dans le Sud. Et puis…

— Mais ça veut dire que tu vas devoir t'y rendre plus régulièrement. Comment vas-tu faire, avec ton poste ici ?

— Camille, tu sais très bien qu'avec l'approche des élections le cabinet ne sera plus qu'une coquille vide. Nous n'aurons plus aucun poids. Les fonctionnaires des administrations vont faire traîner les choses en se disant qu'eux restent et nous autres partons. À quoi bon monter des dossiers et écrire des courriers qui seront peut-être totalement revus par nos successeurs ?

— C'est le jeu, mon bon monsieur, on en a conscience dès le départ.

— La différence, c'est que moi je ne vais pas attendre bêtement sans rien faire. Venant d'un cabinet ministériel, j'aurai des portes qui s'ouvriront plus rapidement qu'avant. Tu sais, il faudra que tu y penses aussi, toi, à trouver un point de chute dans le monde d'après.

— Entre toi, Alice, ma copine qui me dit de m'accrocher pour mon avenir, et Stella qui est persuadée que je retomberai sur mes pieds, je ne sais plus trop quoi faire.

— Cela dit, pense d'abord à nous faire de beaux bébés, et après tu verras, ajouta-t-il en venant toucher mon ventre, alors que j'étais affalée dans la chaise juste en face de son bureau.

Il savait pertinemment que je détestais cette manie, même si pour lui c'était différent. Il m'était tout de même arrivé de me retrouver assise dans un bus à côté d'une voisine qui n'avait pu s'empêcher d'approcher ses mains de mon ventre. Sans me demander. Comme s'il appartenait au domaine public. Est-ce que, moi, j'allais toucher une inconnue ? Depuis le début du deuxième trimestre, j'avais l'impression que cette partie de mon corps était devenue le centre de toutes les convoitises. Une intimité que les gens s'appropriaient sans vergogne. Ce genre d'attitude avait le don de m'agacer. Face à une main baladeuse, ma réaction d'autodéfense était instinctive, je me devais de préserver mes bébés. Autant dire que, lorsque certains me demandaient le sexe, il suffisait que je réponde qu'il y en avait deux pour que la curiosité soit à son comble et que je doive faire face à un déferlement des questions. Les jumeaux ont toujours exercé une fascination, car leur création, leur évolution, leur lien et leur interaction ne sont pas simples à appréhender, même si la science progresse, il reste une part de mystère. Qu'ils soient faux ou vrais, seuls ceux qui sont bien informés font le distinguo. Quelquefois, j'avais l'impression d'être devenue Wonder Woman, qui allait mettre au monde deux enfants.

Je m'arrondissais. Je ne pouvais plus cacher mon ventre. J'avais lu qu'à six mois j'aurais la même taille de guêpe qu'une femme ayant une grossesse unique de neuf mois. Forcément, deux poches, deux placentas, deux bébés, cela pesait plus lourd, c'était deux fois plus pour une seule personne. Dans un premier temps, la nomination de Baptiste me perturba profondément. Je me recroquevillais sur moi-même, je laissais traîner les dossiers, j'étais triste, amère, tellement déçue qu'aucune place ne m'ait été accordée, même une toute petite. Et puis, de cet abattement jaillit un sursaut qui eut pour effet de me booster et de m'affirmer en tant que femme, ou plus exactement en tant que femme qui porte la vie. La partie se jouerait sans moi, mais je garderais la tête haute. Peut-être parce que je n'avais plus besoin de prouver quoi que ce soit à qui que ce soit. Je ne craignais plus d'afficher mes rondeurs, je ne tentais plus de les dissimuler sous des vêtements amples. Je portais des petites robes moulantes, des pantalons taille haute avec des tuniques à message. À vrai dire, j'avais beaucoup de chance, car ma prise de poids était surtout au niveau du ventre. Cela interpellait beaucoup Ben. Il ne cessait de me dire d'enlever mon ballon de sous mes vêtements. Je m'autorisais enfin à m'épanouir enceinte. Certes, cela ne voulait pas dire que je n'avais pas des moments d'extrême fatigue, le ventre tendu ou des nausées et des dégoûts alimentaires, mais ils restaient anecdotiques par rapport à l'extrême joie que j'éprouvais. Chaque jour, je mesurais la chance que j'avais de porter la vie. J'avais ce bonheur d'adorer être enceinte. J'avais mis de côté les petits désagréments pour profiter des instants qui passent si vite, pour ne rien regretter de ces neuf mois. Désormais libérée de tout stress professionnel, je retrouvais un équilibre, même si la trahison, la déception, n'était pas loin. J'en gardais un goût amer. Soit je décidais d'avancer et de bien vivre la situation, soit je m'en allais, mais ce dernier choix aurait été celui de rendre les armes. Ce n'était pas dans mon caractère. J'étais une battante. Aussi je m'accrochais, avec toujours cette envie de continuer à travailler. Comme disait Ben, le seul avantage était que, sans le vouloir, j'avais pris du recul.

Le cinquième mois approchait. C'était le moment de faire l'échographie morphologique, l'examen le plus poussé de la grossesse. Tous les organes des bébés seraient passés au peigne fin. Ils seraient mesurés, comptés, observés sous tous les angles. Pour l'occasion, j'avais mis un jean et un col roulé avec un point d'interrogation, et attaché mes longs cheveux. C'était un jeudi, je n'avais pas vraiment eu le choix. Heureusement, Romain avait pu se libérer. Je n'envisageais pas d'aller seule à cet examen si important et si déterminant pour la suite. Sophie, qui avait eu un enfant d'une première union, m'avait raconté que son médecin avait constaté une malformation lors de cette échographie, diagnostic qui s'était finalement révélé inexacte. Elle avait angoissé plusieurs semaines en attendant une infirmation, et tout le long de la grossesse, elle était restée avec un doute. Seule la naissance lui avait permis de se rendre compte que tout allait bien. La science n'est définitivement pas exacte, et encore moins s'agissant de jumeaux.

Les bébés n'arrêtaient pas de bouger, se tournaient, se retournaient, jouaient à cache-cache, à croire qu'ils dansaient dans mon ventre. L'échographiste disait qu'il avait beaucoup de mal à pendre ses mesures, tellement ils étaient actifs. Il nous avait d'emblée dit qu'il se concentrerait sur l'examen avant de nous faire part de ses conclusions. Nous nous contentâmes donc pendant plus d'une heure de regarder ses gestes et les images qui défilaient à l'écran. Le docteur faisait des mimiques, gesticulait, plissait les yeux, mais il ne fallait pas tirer de conclusion hâtive. Afin de ne pas le perturber, Romain et moi avions tacitement acceptés d'attendre religieusement. Un moment appela tout de même notre attention, les bébés semblaient se chercher comme s'ils voulaient jouer ensemble. Le spécialiste remarqua notre étonnement et tourna l'écran vers nous pour nous dire d'admirer le spectacle. C'était si beau à voir. Il ne s'agissait pas juste de mouvements résultant de l'étroitesse du lieu et l'inévitabilité de la situation, non, c'était une vraie interaction et une vraie intention de se toucher à travers les parois. Je repensais à ma grand-mère, vraie jumelle, qui s'était éteinte quelque temps plus tôt, un mois jour pour jour après le décès de sa sœur. Elle était certes âgée, mais pas malade, nous en avions déduit qu'elle était morte de tristesse, anéantie par le chagrin. Elles avaient toujours dit qu'elles étaient nées au monde ensemble et qu'elles le quitteraient en même temps. À leur souvenir, je souriais, songeant que mes bébés aussi commençaient à partager une relation particulière. Romain était également ému. Moi je portais les bébés, je vivais pleinement cette grossesse, je les sentais bouger. Lui, pour qui tout cela restait jusqu'à présent abstrait, faisait sa première vraie rencontre avec eux. Je voyais que ses yeux le piquaient, il réalisait doucement que ces toutes petites choses allaient changer sa vie, notre vie. Les hommes ne naissent pas père, ils le deviennent. Si la paternité exploserait au visage de Romain à la naissance, lorsqu'il prendrait le bébé dans les bras, cette échographie marquait tout de même une première étape vers son bonheur d'être père. Je m'aperçus que des émotions nouvelles étaient progressivement en train de se faire une place dans son cœur. Profitant de cet instant de grâce, le docteur nous rassura en disant que tout allait pour le mieux. J'osais imaginer qu'il nous aurait alerté avant, dans le cas contraire. Vint alors la question. Savoir ou ne pas savoir ? Avec Romain, nous nous étions concertés sur le fait que nous voulions garder la surprise. Et elle serait d'autant plus forte qu'il s'agissait de jumeaux. Sophie m'avait dit : « L'avantage de savoir le sexe du bébé est que tu peux préparer la chambre, les habits, choisir un prénom, cela facilite l'organisation. Et puis tu n'es pas déçue, le jour de l'accouchement, si tu t'attends à deux garçons, ou deux filles, ou les deux. » C'est vrai que j'avais bien été tentée de deviner le sexe des bébés en observant la forme de mon ventre. Toutes les idées les plus farfelues y étaient passées pour détecter un quelconque signe. Et finalement, après tout le suivi de cette grossesse à risque, Romain et moi pensions que nous avions le droit à une petite surprise de la vie. Le reste étant tellement surveillé, qu'avec cette décision nous aurions l'impression de reprendre la main. Nous retrouvions une petite part de secret. Jamais, quelques mois auparavant, je ne me serais crue capable de pouvoir patienter plusieurs mois. Ne pas tout maîtriser, ne pas tout contrôler, tout l'inverse de ce que j'étais. Mais j'avais mûri, grandi, fait un bout de chemin et appris qu'avec le mystère de la vie il faut accepter de ne pas tout connaître et de faire confiance. Beaucoup, autour de nous, s'étaient moqués et amusés en prétendant que nous ne tiendrions pas jusqu'à la naissance. Autant dire que les pronostics allaient bon train. « Tu portes haut, c'est une fille », « tu portes bas, c'est une fille », « tu manges beaucoup de salé, c'est un garçon », « tu gardes les pieds chauds, c'est une fille ». Et pour des jumeaux ? Personne n'en parlait. Ni le calendrier maya ni l'astrologie chinoise ne faisaient de prédictions pour plusieurs bébés. Je n'avais plus qu'à demander ou à m'en remettre au hasard.

— Vous êtes certains ?

— Aucun doute.

Je n'allais tout de même pas craquer. Je resterais fidèle à ce que nous avions convenu avec Romain. Nous ne céderions pas à la tyrannie du rose et du bleu. Pour seulement quelques mois encore, puisqu'à la naissance c'était de toute façon un bracelet rose ou un bleu qui serait attaché à leur minuscules poignets.

— Alors je garderai le secret. L'examen est terminé. Continuez à bien vous reposer. Allongez-vous un maximum. Pas trop de déplacements.

— Non, je me contente d'aller au travail, c'est tout.

— Vous plaisantez ?

— Comment ça ?

— Vous travaillez encore ? Le médecin qui vous suit ne vous a pas arrêtée ? Ce n'est pas possible.

— Pourquoi ? Cela se passe très bien.

— Je ne donne pas cher de votre grossesse si vous continuez ainsi.

— Mais, euh…

— Tout simplement parce qu'une grossesse multiple est plus fragile. Le ventre est plus lourd, pour éviter un accouchement trop prématuré, il faut rester alitée. Vous allez repartir avec un arrêt à effet immédiat.

— Pour combien de temps ?

— Jusqu'à la fin, madame, jusqu'à la fin.

— Et si je me repose plus le soir, cela ne suffit pas ?

— Non. Soyez raisonnable. Quelle est votre priorité ?

— Mes bébés.

— Alors ne pensez qu'à eux.

Il me tendit ce fameux papier oranger et blanc que je commençais à connaître par cœur.

— Oui. Je peux tout de même passer au ministère demain pour en informer ma hiérarchie ?

— Oui, bien sûr. Mais après, repos total.

J'étais décomposée. Le moment magique de la rencontre avec nos bébés était éclipsé par cette nouvelle. Fini. Plus de travail. Plus de ministère. Plus de dossiers. Plus de questions d'actualité. Plus de discours. Plus d'amendements. Plus de séances de nuit ni de jour. Plus de rendez-vous parlementaires. Plus de déjeuners et petits déjeuners professionnels. Plus de parafeur, c'était peut-être ce qui me manquerait le moins. Plus de collègues. Plus de pauses-café. Plus de réunions interministérielles. Plus de réunions de cabinet. Plus de déplacements. Plus de soirées.

J'avais choisi.

Mes bébés.

Dans la voiture, emmitouflée dans une doudoune devenue trop petite pour couvrir mon ventre, je restais muette, sous le choc. Je regardais la neige tomber, les enfants aux joues rosies par le froid se lancer des boules toutes blanches, les paquets que les chasse-neige avaient accumulés se noircir le long des chaussées, les Parisiens se serrer pour vaincre le froid. La ville était recouverte d'un épais manteau blanc. Sous la neige, la capitale semblait se délasser. Les klaxons laissaient place à une ambiance plus ouateuse. Pas de livreurs, pas de bus, pas d'automobiles, si ce n'était les plus téméraires. Les pas, les conversations, les rires des enfants étaient pour une fois audibles. Caillebotte se serait régalé à peindre ces scènes. Au fur et à mesure que nous bravions les rues blanchies, je fus secrètement conquise par cet apaisement. Paris sous la neige, c'était l'enfance qui se rappelait à moi, à grands coups de batailles de boules, de bonhommes tout blancs, de chocolat chaud, de feu dans la cheminée, de descentes en luge, de bonnets en laine, de moufles impossibles à mettre. Le merveilleux m'ensorcelait. La capitale changeait de visage. Moi aussi. Mes traits se détendirent, mes mains se décrispèrent, mon dos se libéra d'un poids invisible, le sourire réapparut. Le bonheur était juste là, devant mes yeux et sous mes mains qui protégeaient mon ventre du froid de l'hiver. Je me tournai vers Romain. Il me comprenait tant que je n'avais pas besoin de parler. Les bébés se portaient bien. C'était le plus important.

Dans vingt-quatre heures, j'assisterais à ma dernière réunion de cabinet, que je survolerais. J'entendrais sans écouter des mots, des bribes de phrases « pour des raisons évidentes », « la santé avant tout », « Baptiste assurera ses fonctions », « bon repos », « à bientôt avec tes bébés ». J'acquiescerais béatement. Les annonces glisseraient sur moi, j'aurais l'impression d'être spectatrice plutôt que partie prenante. Parce que je serais déjà loin, partie prendre soin de mes bébés. Et une sensation si inexplicable de petites bulles dans mon ventre me donnerait raison.

17

Sans doute le phénomène le plus merveilleux.

La première fois, ce n'était qu'un doux chatouillis, comme la caresse d'une plume. Presque imperceptible. Puis ce furent des battements d'ailes de papillon. Ensuite des petites bulles, des vaguelettes. Progressivement, les vagues prirent de l'ampleur et se transformèrent en rouleaux. C'était la jungle, dans mon ventre, une vraie machine à laver en mode essorage. Ils devaient s'éclater, dans leur cocon. Heureusement, il leur arrivait de dormir. Au fur et à mesure des semaines, la place vint à manquer, c'était la crise du logement, les acrobaties se firent plus rares. Alors c'est mon ventre qui se déforma, un pied ou une main apparut. Les bébés bougeaient. J'adorais ça. J'avais tout le loisir d'en profiter et d'être à l'écoute du moindre de leur signe, puisque même si j'avais quelques visites, j'étais seule toute la journée. Le soir, quand Romain était là, je prenais sa main et je la posais sur mon ventre. Je voyais ses yeux bleus devenir ronds d'étonnement. Il les avait vus à l'échographie, avait entendu le battement de leurs cœurs, à présent, il les touchait à travers la paroi. Intrigué et surpris, il réalisait que la vie grandissait en moi. Bientôt nous serions quatre.

L'appartement n'était pas très grand, cinquante mètres carrés, je passais du lit au canapé en quelques secondes.

J'avais pris du poids, alors je faisais un peu plus craquer le plancher. J'avais rangé mes talons hauts, mes tailleurs et mes petits chemisiers. J'avais opté pour un style plus décontracté. J'étais à l'aise avec un jean ou une salopette et un sweat tout doux. Je ne lissais plus mes cheveux chaque matin, je me contentais de les attacher. Changement de rythme, changement de style. Mon oreiller était devenu mon meilleur ami. Je m'habituais à ce chamboulement, même si parfois il m'arrivait de penser au ministère. Les regrets, les inquiétudes n'apportaient rien du tout, si ce n'était du mauvais stress. Avant la naissance, j'avais lu qu'un bébé était déjà conscient de ce que vit sa mère. Il était capable de ressentir ses émotions. Une femme forte, voilà ce dont mes bébés avaient besoin. Alors je pris sur moi et profitai de mon bien-être présent, celui qui était dans mon ventre. Je regardais mon ordinateur et mes dossiers posés à quelques mètres de moi sur la table. Une semaine avant, j'avais pris mes affaires et, malgré la trahison, j'étais partie le cœur serré mais la tête haute. Pas un geste, pas un mot de Baptiste. Non. Le nouveau chef était trop occupé pour prendre le temps de me saluer. Ben, lui, m'avait aidée à partir sans pleurer. Nous n'avions pas parlé de l'attitude de notre collègue. Cela n'aurait servi à rien. Ben avait promis de me rendre visite, c'est ce qu'il fit la semaine suivante.

— Je t'ai amené des douceurs.

— Oh, non ! Je vais encore prendre des kilos, et autant dire que c'est la dernière ligne droite, c'est maintenant qu'on prend le plus.

— Tu as de la marge. Il paraît que, lorsqu'une femme enceinte mange du sucré, les bébés se régalent. Alors dis-toi que je les ai achetées pour eux ! Comment vas-tu, tu ne t'ennuies pas trop ?

— Au début, c'était très difficile de ne rien faire, d'être seule toute la journée.

— Tu n'es pas vraiment seule.

— Effectivement, figure-toi qu'il m'arrive de leur parler, même.

— Tu leur parles de quoi ?

— De notre future vie à quatre, de leur papa.

— J'ai bien fait de passer. Je m'inquiétais. J'étais sûr que tu allais péter un câble à rester allongée toute la journée.

— Mais non, j'étais en manque, cela retombe tout doucement. Et puis j'ai eu des visites. Stella est passée en coup de vent, et maintenant toi.

— Tu ne me demandes pas ?

— Quoi ?

— Comment cela se passe pour Baptiste ? Tu n'es pas curieuse ?

— Allez, vas-y, déballe tes cancans.

— Ah, ben voilà, il était temps !

— Il me raconta le quotidien chamboulé de l'équipe, les difficultés pour Baptiste de s'imposer comme nouveau chef, les collègues qui se passaient de son aval. Il restait très marqué comme conseiller. Difficile de changer de posture, ses collègues devaient lui rendre des comptes et ils étaient réticents.

— Tu sais qu'il signe même des arrêtés.

— Ah oui ? Je n'avais pas réalisé que c'était dans ses prérogatives. Il vient encore dans ton bureau discuter avec toi ?

— Bien sûr que non, il est *overbooké*, monsieur.

Mon portable vibra tout à coup.

— Quand on parle du loup, c'est lui, justement. Il sait que tu es là ?

— Non, bien sûr. J'ai droit à ma pause méridienne, quand même, je ne lui dis pas toujours où je vais. Enfin, il ne vaut mieux pas, entre nous.

— Eh bien, il a le nez creux.

— Je décrochai. Difficile de faire autrement avec Ben en face de moi. Je n'avais aucune raison de ne pas le faire.

— Tu as besoin de mon aide, c'est pour ça que tu m'appelles ?

— Oui, enfin, je voulais aussi prendre de tes nouvelles.

Tant de mauvaise foi me révoltait.

— Voilà, c'est fait. Au revoir.

— Non, attends, il me faut les codes pour accéder au dossier Muséum sur le serveur.

— Tu sais faire à ma place, c'est bien le cas depuis quelque temps. Alors continue comme ça. Bonne journée, à bientôt, chef !

— Je ne lui laissai pas le temps de répliquer, je raccrochai. La présence de Ben m'avait donné des ailes. Je l'avais envoyé promener.

— Bravo ! qu'il arrête de nous prendre pour des cons.

— J'avais tout de même des scrupules.

— Tu sais, en temps normal, je lui aurais donné mes codes, mais là, je crois que la goutte d'eau a fait déborder le vase. Son plan a marché comme sur des roulettes. Il est devenu chef cab et conseiller parlementaire. Même s'il ne reste que quelque temps avant la fin de la législature, ce sont des postes auxquels il pourra ensuite prétendre. C'est dur d'être mise à l'écart, alors qu'il suffisait de faire autrement.

Par dépit, nous nous empiffrâmes de chocolats tous les deux. J'imaginais Baptiste assis en face de son ordinateur en train de chercher à déverrouiller le dossier de la soirée du Muséum. Il n'osait même plus aller demander à qui de droit, à savoir ma secrétaire. Elle commençait à connaître le personnage. Et pourtant, elle le lui donnerait ce fichu code. À contrecœur, certes. Mais elle le ferait. Non par envie. Non par choix. Par professionnalisme. Seulement, s'abaisser à aller la voir n'était plus dans ses cordes. Que tout ce stress me paraissait loin. Je vivais dans une bulle, comme mes bébés. Protégée de l'extérieur.

Curieusement, alors que la quatrième semaine d'alitement démarrait, les visites s'intensifièrent. À croire que mes copines s'inquiétaient de ne plus me voir ou m'entendre. Elles débarquèrent un soir pour un dîner improvisé. Chacune avait amené quelque chose, afin que je n'aie rien à préparer. L'Italie, non pas dans notre QG de Saint-Germain, mais dans mon appart. Le prosecco pour les spritz – pour une fois je passai mon tour –, les lasagnes et le tiramisu maison. Les filles s'occupèrent de tout et m'interdirent strictement de lever mon séant de mon canapé.

De son côté, Romain ne chômait pas non plus. Il avait dressé la liste des nombreuses tâches qu'il devait effectuer, en tête de laquelle la recherche d'un nouvel appartement pour notre petite famille. Certes, nous pourrions rester dans notre nid douillet sous les toits parisiens, les premiers mois, sans aucun problème, mais monter cinq étages avec deux bébés dans les bras n'était pas le plus simple. Romain se mit donc en quête de la perle rare à Paris, un appartement avec ascenseur. Je ne pouvais pas faire grand-chose, si ce n'était repérer les annonces sur Internet et appeler les agences. Lui visitait. Il avait jeté son dévolu sur le 15e, un arrondissement très familial de Paris, mais aussi très recherché. Ses samedis libres étaient consacrés aux visites. Mais rien en vue, je craignais qu'il ne commence à connaître le quartier sur le bout des doigts. Il étudiait aussi le cas de la poussette et des petits lits. Un soir, il me fit hurler de rire en sortant un comparatif sur les poussettes doubles.

— Je crois que les nacelles seraient utiles comme lits, mais il faut les caser dans la voiture. Les cosys, eux, peuvent servir de siège auto et de siège de poussette, mais si on fait beaucoup de voiture…

— J'entendis les mots « cosy », « nacelle », « coque »,

« hamacs », « modulable », « canne », etc. Il m'avait perdu, mais je me plaisais à l'écouter disserter sur le sujet, il était si impliqué. Cela faisait plaisir à voir. Il avait à cœur le bien-être de nos bébés.

— Respire, Romain ! Respire !

— Face à face, dos à dos ou côte à côte. Le dernier est encombrant, on rentrera difficilement dans les magasins, les bus et les ascenseurs. Et une poussette à trois ou quatre roues ?

— Il continua son laïus sur l'intérêt de l'un et de l'autre.

— Alors, tu en penses quoi ?

— En gros, c'est un mini-tank, et on ne va pas passer inaperçu.

— Ça, c'est certain. Mais tu préfères quoi ?

— Tu t'es fait hyper bien conseiller, maintenant tu en sais plus que moi sur le sujet. Alors je te fais confiance.

Restait à la commander. Il y avait un délai, et il ne faudrait pas tarder. Une fois le casse-tête de la poussette résolu, il y eut aussi celui du couchage. Des nacelles au début puis des petits lits ? Des berceaux ? Des couffins ? C'était curieux, au sixième mois, tout commençait à prendre forme.

18

« Stanislas et Amaury ont la joie de vous annoncer la naissance de leur petite sœur. » Au texto était jointe une photo. Un bébé. Comme un autre. C'est ainsi que j'appris que Baptiste avait eu une fille. Margaux. Un prénom qui figurait sur notre *short list.* Je le barrai. Hors de question que je choisisse le même. Dommage, nous l'aimions bien. Baptiste devait être heureux, il n'avait pas encore de princesse. Cette fois-ci, je n'étais pas envieuse car j'allais bientôt connaître ce même bonheur. Je souriais en lisant la fin du message. « À ton tour, dans quelques semaines. » Il ne m'en voulait donc pas de l'avoir planté avec son dossier sur le Muséum, ou alors les bébés adoucissent les mœurs, il devait être dans l'euphorie de la nouvelle. Quoique j'avais du mal à imaginer Baptiste euphorique. Ce n'est pas une émotion anodine, l'euphorie. Il avait dû libérer beaucoup d'hormones du bonheur pour atteindre cet état-là. « Dans quelques semaines. » Je me répétais ces mots. Il avait raison, pour une fois, d'autant plus qu'avec des jumeaux l'accouchement est souvent avant terme. Je verrais enfin leur petite tête, sentirais leur peau, toucherais leurs minuscules pieds et minuscules mains. Avec ma poussette, je ne passerais pas inaperçue. Les multiples sont des drôles de bêtes, la cible de fantasmes, de clichés et d'idées préconçues. Les gens très curieux m'arrêteraient dans la rue, me poseraient des questions, j'y répondrais ou pas. Avant tout, je ne voulais pas qu'ils soient surnommés « les jumeaux », et cela, je le préciserais à tous nos proches. Les appeler ainsi estomperait leur personnalité, ne mettrait en valeur que le lien qui les unirait sans tenir compte de leur propre particularisme, il ne faudrait pas que pour cette raison ils aient du mal à construire leur identité. Chacun est un être à part entière. Les jumeaux doivent pouvoir s'exprimer et s'affirmer, tout en préservant leur relation spéciale. C'est d'autant plus difficile quand ils sont du même sexe. Je ne comprends pas les parents qui habillent leurs enfants de la même façon. Certes, c'est très mignon à voir, tout le monde se retourne sur eux dans la rue, s'extasie, et les parents en sont fiers. Mais pense-t-on aux enfants ? Ils sont trop assimilés à leur double. Choisir des vêtements différents lorsqu'ils sont petits ou jeunes leur permet de se démarquer. Plus grands, ils sont libres de décider de s'habiller de la même façon ou non. Étonnamment, ma grand-mère, qui habitait loin de sa jumelle, avait le même style d'habits, la même coupe de cheveux, les mêmes lunettes, le même sac à main que sa sœur. Leurs parents les avaient élevées ensemble en mettant davantage l'accent sur leurs similitudes que sur leurs différences. À tel point qu'à notre mariage le père de Romain avait confondu les deux, il pensait parler à ma grand-mère alors qu'il s'agissait de sa jumelle, ce qui nous avait fait hurler de rire. L'idée du double ou du sosie était captivante pour nous, sa famille. Elles étaient tellement semblables que nous nous demandions comment elles s'étaient construites, si elles avaient eu les mêmes amoureux, si elles les avaient même échangés, si elles s'étaient fait passer l'une pour l'autre auprès de leurs parents, de leurs amis ou de leur école. Quand elles en parlaient, elles souriaient, elles riaient, elles restaient discrètes, au final, nous n'en savions pas plus, cela restait leur jardin secret.

Ma grand-mère nous avait tout de même confié être presque en télépathie avec sa sœur. Le jour où elle s'était cassé le poignet, sa jumelle avait ressenti une forte douleur au même endroit. Pour sûr, elles partageaient une connexion inexplicable. Si leur gémellité nous intriguait autant, c'est parce que cela renvoie à la quête identitaire, le double renvoie au moi. J'espérais trouver quelques réponses à mes questions en épluchant les articles et les livres sur les jumeaux. J'en avais accumulé des dizaines sur la table basse du salon, dans le but de me renseigner, de lire un maximum de témoignages avant l'arrivée des bébés. Tout le monde me disait : « Ne t'inquiète pas, tu feras les choses instinctivement. » Peut-être. Néanmoins, cela me rassurait de me forger mon propre avis en cumulant différentes visions. Comme si j'allais faire une synthèse de toutes ces lectures. Certainement une déformation professionnelle.

Mais pour l'instant, je m'interrogeais sur la possibilité de reculer le moment de faire ma prise de sang. Aujourd'hui, j'étais fatiguée, exténuée. C'était un jour sans. Cela m'était très rarement arrivé jusqu'à présent. Je ne me sentais pas d'aller rien que jusqu'au bout de ma rue, au laboratoire, pour ce contrôle sanguin. Je m'étais levée tard, je traînais de mon lit, au salon, à la cuisine pour un thé. J'avais mis du temps pour m'habiller car j'étais essoufflée. Rester en pyjama toute la journée n'était pas mon genre. Je détestais cela. Tout comme les joggings. Même si mon ventre prenait de l'espace, j'essayais d'être à peu près stylée. Le seul habit cool que je m'autorisais était la salopette, car j'avais assez d'espace pour loger mes formes. C'était ce que j'avais envie de mettre. De toute façon, je ne rentrais plus dans mes habits de femme « normale ». Même à bout de force, je prenais soin de me maquiller, j'y mettais moins de temps et moins de cœur qu'avant, mais je ne supportais pas l'idée de me laisser aller parce que j'étais enceinte. Je ne ressemblais plus à la *working girl* du ministère, mais la base restait la même, et j'essayais de l'entretenir. Je ne sortirais pas sans être un minimum arrangée. En fin de matinée, comme je détestais procrastiner, je me décidai à descendre. Je n'avais qu'une seule appréhension, celle de croiser ma voisine Hélène. Je n'avais pas d'énergie et donc pas envie de discuter. Pourtant, elle était gentille ma voisine. Tout le monde, dans l'immeuble, l'appelait la vieille fille. Et pourtant, personne ne s'intéressait à elle. Moi, j'avais appris à la connaître. Dès qu'elle avait vu mon ventre s'arrondir, elle avait été aux petits soins avec moi, me demandant si j'avais besoin de quelque chose, si je voulais me changer les idées en allant boire un thé chez elle. Elle travaillait beaucoup. Victime d'injonctions à trouver l'amour, se marier et fonder une famille, elle refusait de se fondre dans ce moule. Et puis la vie avait fait qu'elle n'avait pas rencontré d'hommes voulant partager sa vie. Est-ce que cela voulait dire que sa vie était triste ? Bien au contraire. Elle sortait, elle voyageait, elle organisait des dîners, elle n'était jamais vraiment seule. Elle me déposait souvent des douceurs devant ma porte. Elle me disait : « Tu as de la chance, tu es avec un mec bien, tu peux construire ta vie. » Elle avait 47 ans, et même si elle trouvait quelqu'un, il était trop tard pour donner la vie. Alors elle avait fait une croix dessus. Difficilement. Mais elle l'avait fait. Elle m'avait confié avoir été aidée par un psychologue. Pour accepter.

Ce qui ne devait pas arriver, arriva. Je la croisai. Immédiatement, elle me dit que j'avais les traits tirés. Ce n'était pas son genre de dire cela, je devais vraiment avoir mauvaise mine. Elle me demanda où j'allais et si j'avais besoin qu'elle m'accompagne. Je déclinai gentiment son offre. Je pris mon temps, tout mon temps, pour me rendre au laboratoire. J'arrivai au bout d'une demi-heure, alors que normalement il me fallait dix minutes. Haletante, je tendis mon ordonnance et dus m'asseoir pour reprendre mon souffle. Peut-être parce que j'étais restée à jeun. Après quelques minutes, une jeune femme me tendit un verre contenant une boisson sucrée. C'était pour un test de dépistage éventuel du diabète. Je pensais que cela allait me redonner des forces, le sucre. Seulement, c'était infâme. Un cocktail de glucose au goût difficilement supportable. Je devais prendre sur moi. Il était hors de question de ne pas ingérer ce truc, sous peine de devoir revenir. Je pris mon courage à deux mains. Cela devait être rapide. Je n'avais que quelques minutes pour boire. Je décidai de boire tiers par tiers. Je sentis le liquide dégoûtant passer dans ma trachée. Je crus que j'allais tout rejeter. Je fermai les yeux, je me mis psychologiquement en condition. *Tu dois garder ce produit.* Le mental l'emporta sur mes sens, je fis abstraction du goût et je repris une gorgée. Une fois le tout ingurgité, je n'avais plus qu'à attendre une heure. Avec cette haleine répugnante. Les bébés bougeaient, ils devaient se lécher les babines, avec tout ce sucre. Moi non. Je patientai avec un livre. Une fois le test enfin fait, je fus soulagée. Les assistantes m'offrirent un thé et un croissant, ce sucre-là était bien plus agréable. Je repartis tranquillement vers chez moi, admirant même les vitrines de printemps au passage. Pour sûr, ces vêtements n'étaient pas encore pour moi, il n'y avait pas la place pour y passer mon ventre. Je me rattraperais en été. Plus j'avançais, plus j'avais l'impression que mes forces diminuaient. À quelques immeubles de chez moi, je mettais difficilement un pied devant l'autre. Mes dernières forces étaient en train de me quitter. Je vis une silhouette lâchant ses sacs pour s'approcher de moi. J'eus à peine le temps de voir le visage d'Hélène, tout à coup en face de moi, que je me sentis partir. J'eus la curieuse sensation de regarder la scène sans la vivre. Hélène me retint de justesse, me faisant asseoir chez le marchand de fruits et légumes pour que je ne tombe pas dans ses pommes. Pas le temps de réaliser. Heureusement qu'elle était là. Affalée sur une chaise, je repris doucement mes esprits. J'entendis Hélène me dire de boire le verre de jus de fruits qu'elle me tendait. « Bois. Ce n'est rien, c'est un malaise vagal. » Il suffit de quelques minutes pour que je reprenne des couleurs. Tout le monde était rassuré, moi la première. Quelle frayeur et quelle chance d'être tombée sur Hélène. Un heureux hasard ? Je ne savais pas. En me raccompagnant chez moi, elle me dit m'avoir trouvée très blanche en partant, ce matin. Je la soupçonnais d'avoir guetté mon retour. Je ne lui en voulais pas, bien au contraire. Sans elle, je ne savais pas ce qu'il se serait passé et je ne voulais pas savoir. Plus de peur que de mal. Je décidai donc d'aller directement m'allonger dans mon lit. Hélène m'aida à me déchausser, car avec un ventre proéminent la manœuvre n'était pas aisée. Je lui dis que j'allais rester tranquille. Elle prendrait des nouvelles dans la soirée. Une petite maman, Hélène. Avant de m'endormir pour quelques heures, j'envoyai un message à Stella pour reculer mon rendez-vous au soir. Nous nous verrions pour dîner et non pour goûter. Même si je mourais d'envie de la voir, je n'en avais pour l'instant pas la force. Après une bonne sieste, tout serait rentré dans l'ordre. Bien au chaud sous la couette, j'entendis de très loin les vibrations de mon téléphone sur la table de nuit en bois, mais je n'eus pas le courage de tendre la main. Morphée était en train de m'emporter pour un sommeil réparateur. Par bonheur, je me réveillai quelques heures plus tard en meilleure forme, prête à recevoir ma meilleure amie.

19

À présent, je suis à la clinique avec Eugénie, cette infirmière antipathique qui m'agresse, mais fort heureusement aux côtés de Stella. Elle est dans le couloir. La connaissant, elle doit fulminer et faire les cent pas en attendant de pouvoir venir me voir. Eugénie est partie comme une furie, me plantant seule dans cette salle sans âme. Seule avec mes questions. Que va-t-il se passer ? Est-ce qu'ils vont me donner un médicament pour me soulager ? J'attends. Je fixe le plafond pour essayer de penser à autre chose. Mais la douleur me rattrape. Elle passe de mon dos à mon ventre, elle se diffuse, elle s'immisce partout dans mon corps. Elle va et vient, telle la marée. Elle peut être débilitante un instant et supportable celui d'après. Je prie de toutes mes forces pour que cela s'arrête. Je demande intérieurement aux bébés de tenir bon. J'espère qu'ils ne sont pas en souffrance, c'est ce qui m'angoisse le plus. Ils sont trop petits et encore trop faibles pour subir tout ça. Brusquement, la porte s'ouvre. Eugénie, accompagnée d'une collègue qui semble plus douce et plus posée. Elle se présente. « Émilie, je suis infirmière et je vais vous poser une perfusion. » Elle tient dans sa main deux sacs de produit qu'elle va accrocher sur le support non loin de moi. Eugénie, elle, s'active dans tous les sens. Elle approche violemment le monitoring. Elle m'ordonne de soulever mon dos pour passer les sangles et pose les trois sondes sur mon ventre durci. Me voici harnachée. Je vais enfin pouvoir savoir si les bébés vont bien. Le temps qu'elle termine son installation, sa collègue m'explique calmement qu'il faut faire cesser les contractions. C'était donc ça, moi qui n'osais pas dire le mot. Comment est-ce possible, à ce stade de la grossesse ? Elle m'explique qu'elles n'en savent rien. Mon visage se déforme à nouveau. Émilie met sa main sur mon bras pour me signifier qu'elle compatit. Eugénie allume à cet instant précis le monitoring qui monte en flèche, signe d'une forte contraction. Je me tétanise. Mon corps se tend comme la corde d'un arc. La flèche vient se planter dans mes entrailles. Puis, comme si quelqu'un venait la retirer, le pic retombe lentement. C'est fini. Jusqu'à la prochaine fois. Pendant l'accalmie, j'entends le galop d'un cheval résonner dans la pièce, un double galop même. Le rythme cardiaque est très rapide. Cent-quarante battements de cœur par minute. Cela m'affole. Mais tout est normal. Les bébés vont bien. Eugénie, qui se prépare à me poser une seringue, discute avec sa collègue, faisant peu cas de ma présence. « Ça tombe mal, quand même, aujourd'hui on a beaucoup d'accouchements. » J'ai mal choisi mon moment. Je voudrais bien leur dire : « Hou ! Hou ! Je suis là, je vous entends, moi aussi j'aimerais bien être l'une de ces femmes, dans quelques semaines. » Pourtant, aucun son ne sort de ma bouche, une contraction m'en empêche. Les infirmières m'avertissent qu'elles me laissent. Stella a enfin le droit de rentrer. Elle, si pétillante d'habitude, a l'air préoccupé.

— Alors ?

— Il faut attendre une vingtaine de minutes, le temps que la perfusion fasse effet, et tout devrait rentrer dans l'ordre.

— Qu'est-ce qui lui a pris, à l'infirmière, de dire que

tout était ta faute ?

— J'en sais rien. Elles pensent à une éventuelle infection, d'où ce second sac de goutte-à-goutte qui contient des antibiotiques. Tu as eu Romain ?

— Oui. C'est trop tard pour le train, mais il va prendre la voiture.

— Non, dis-lui que ce n'est pas la peine de venir pour l'instant, cela va se calmer. Ensuite, soit je reste sous surveillance, soit je rentre chez moi.

Stella lui envoie un message. Silence. Encore un. Stella prend une chaise pour s'installer à côté de mon lit.

— Tiens, la bonne nouvelle du jour, c'est que Romain aurait trouvé un appartement. Dans le neuf, deux chambres, plein sud, un immeuble moderne pour passer une poussette double.

— L'idéal ! C'est un soulagement. Tout sera prêt pour l'arrivée de ces petits.

— Romain va signer le bail à la fin de la semaine.

— C'est top ! Moi aussi j'ai une annonce qui va te ravir.

— Tu es enceinte ?

— Non, pas ça. Je vais travailler à Paris !

— Sans blague ? C'est pour ça que tu es venue cette semaine ?

— Exact. J'ai fait un premier entretien, il y a un mois, et ils m'ont retenue.

— Et Matt ?

— Il est ravi, il a demandé une mutation à sa boîte.

Alors que nous discutons, les vingt minutes se sont écoulées, et les contractions se sont ralenties. Mon ventre reste dur, mais je n'ai plus ces horribles spasmes. Les infirmières reviennent me voir. Elles sont plus rassurantes et m'informent qu'elles attendent encore un peu avant de me faire monter à l'étage pour me garder sous surveillance. La sonnette des urgences ne cesse de retentir. Le service est en ébullition. Les va-et-vient se multiplient. J'entends le bruit des brancards et du matériel qui cogne les murs du couloir. Les cris des bébés aussi. Les premiers émois. J'imagine les larmes de bonheur des parents. La première rencontre, la plus importante et la plus merveilleuse de la vie, avec l'impression de connaître ce petit être nouveau que l'on va apprivoiser comme le renard de Saint-Exupéry. Pour l'instant, moi je me concentre pour garder mes petits au chaud encore quelques semaines. Stella, elle, a besoin de faire un tour dehors et m'abandonne pour quelques minutes. Me voici à nouveau seule, mais plus sereine. J'attrape mon portable et appelle Romain pour le rassurer. La tension m'a vidée, j'ai un petit coup de mou et je sens que je commence à m'assoupir.

Quelques secondes, à moins que cela ne soit quelques minutes, plus tard, je suis réveillée en sursaut par un coup de poignard dans mon corps. Stella n'est toujours pas revenue. Oh mon Dieu, un autre ! C'est pire qu'avant. Les crampes sont intenses. Pourvu que Stella arrive vite ou qu'une infirmière ouvre cette foutue porte. J'essaie de rouler sur le côté pour supporter le supplice, je n'y parviens pas, cela fait encore plus mal. Mes poings se serrent, mes orteils se replient, des gouttes de sueur dégoulinent de mon front. La courbe du monitoring s'emballe, l'alarme se déclenche, mais elle est trop faible pour avertir qui que ce soit, à moins d'être dans la même pièce que moi. Je ne comprends pas, je suis dans une clinique mais personne ne vole à mon secours. Mes hurlements sont couverts par le bruit des accouchements. Je serpente sur mon lit, je ne peux plus me lever, je ne peux pas attraper mon téléphone. La douleur explose soudain sans prévenir en une souffrance atroce. Cette fois, c'en est fini, je n'ai plus la force. Mes entrailles vont éclater. Dans quelques secondes, mon sang, notre sang, jaillira partout parce que je ne pourrai plus endurer encore longtemps ce martyre. Je vais mourir sur place, et mes bébés aussi. Je me mords les lèvres profondément, mais même cette blessure n'atténue pas l'autre.

Les mains sur les yeux, je ne remarque pas le retour de Stella. J'émets un long râle.

— Voilà, je pars cinq minutes, et tu fais ton intéressante ! Regarde, tu as déplacé toutes les sondes.

Je suis recroquevillée tel un animal en détresse, incapable de réagir. Stella s'approche de moi.

— Oh, merde, qu'est-ce qui t'arrive ?

L'expression de son visage, tout à coup blême, traduit la panique. Je devine qu'elle a peur. Je parviens à sortir un son entre mes lèvres serrées.

— C'est reparti.

Elle lâche son sac, qu'elle tenait à la main, et court chercher du renfort. Je regarde la poche de ma perfusion. Peut-être qu'elle est vide, et cela expliquerait tout.

Branle-bas de combat autour de moi. Stella a trouvé Eugénie et sa gentille collègue. Elles jettent un œil aux perfusions, consultent le monitoring. Les yeux écarquillés, elles ne parviennent plus à compter les pics. Elles lâchent la feuille, échangent un regard fermé et concluent : « Nous allons appeler le docteur Flamant. » Bonne idée, mais alors dépêchez-vous.

Combien de temps mettra-t-il à venir ? Est-il déjà sur place ? Est-il occupé ? J'en viens intérieurement à supplier Dieu que tout cela s'arrête. Je voudrais rentrer chez moi, retrouver mon train-train de femme enceinte, ma pile de livres, ma télé, mon lit, mes plats préparés. Quand est-ce que ce cauchemar va s'arrêter ? Cela dure une éternité, ou bien c'est l'impression que j'en ai. Stella a beau me parler, je ne lui réponds pas, je garde mes forces pour me battre. Elle le sait. Elle me connaît depuis si longtemps. Elle ne m'en voudra pas. En tout cas, si je sors indemne de cette mésaventure, on en aura, des anecdotes à se raconter. J'ai froid. Je tremble. J'ai la gorge sèche. Je prends une longue inspiration pour résister. Ma main se crispe sur celle de ma meilleure amie. Mes yeux se ferment pour tenter d'échapper à l'inévitable. Je suis dans une clinique tenue par des sœurs, Dieu ne peut pas m'abandonner ainsi. Même si je ne suis pas très pratiquante, qu'ai-je fait pour mériter ce châtiment ? Laissez-moi encore mes bébés pour quelques semaines. Ne me les enlevez pas. Comment les protéger des assauts de ce poignard qui traverse tout mon corps ? Je ne sais pas ce qu'ils font, je ne les sens plus, mon corps est si rigide. J'entends juste leurs cœurs battre la chamade. Leur galop résonne dans toute la salle, rebondit sur les murs, dans ma tête. Ces battements sont mon espoir, mon avenir, celui de Romain, celui de notre famille. J'ouvre les yeux. Mon sauveur est arrivé.

Le docteur Flamant sent fort la nicotine. Il a dû jeter sa dernière cigarette juste avant de rentrer dans la salle, ce n'est pas possible autrement. Ses cheveux grisonnants sont en désordre. Son regard bleu est fermé, ses paupières inférieures obscurcies assombrissent des yeux fatigués et marqués dans le coin par des rides naissantes. Ses épaules sont affaissées comme ces animaux qu'on emmène à l'abattoir. Je ne lis que le désolément sur son visage. J'ai peur de ce qui m'attend. Tout le monde se met en recul. « Madame, je vais devoir vous soulager, je dois vous emmener en salle d'accouchement. » Il doit y avoir une erreur, il s'est trompé de box, c'est trop tôt, je dois retenir mes bébés. « Il n'y a plus rien à faire, je ne sais pas ce qu'il se passe, une infection, un autre problème, à ce stade je ne peux pas vous dire, mais je ne peux pas vous laisser comme ça. » Alors qu'il me parle, mon corps en souffrance m'empêche toute réaction, mon visage se fige de désespoir. Dans un dernier sursaut, la gorge serrée, je parviens à articuler :

— Et mes bébés ?

— Ils sont trop petits et ne supporteront pas

l'accouchement, mais si cela continue, c'est vous qui…

À mesure que les informations parviennent à mon cerveau, une boule dans la gorge m'empêche de plus en plus de respirer, je sens que je vais défaillir, ma bouche se tord, mes yeux se mouillent, se noient.

Je comprends que je vais devoir donner, non pas la vie, mais la mort.

La mort.

Par deux fois.

Je croise le regard de Stella, ruisselant lui aussi. Elle se jette sur moi dans un ultime geste de tendresse. Mon amie pour le meilleur et pour le pire. Elle me dit simplement : « Je t'attends. Romain est en route. » Mon Dieu, Romain ! Il n'est pas là. C'est mieux comme ça. Mieux qu'il n'assiste pas à cette mise à mort. L'arrivée d'un bébé doit s'ensuivre de larmes de joie et non de douleur. Le destin, uniquement sur ce point-là, a bien fait les choses.

Mes spasmes empêchent l'anesthésiste de piquer dans mon dos. De toute façon je ne suis plus à une difficulté près. Tout s'enchaîne rapidement. Aucun miracle ne se produit.

Dieu m'a oubliée.

Le docteur Flamant ne me tend pas de bébé.

Pas de cordon ombilical coupé.

Pas de peau à peau.

Elles sont mortes.

Mes petites étoiles sont mortes.

Celles dans mes yeux aussi.

Je n'entends pas les premiers cris des bébés. Uniquement les miens. Les cris d'une détresse si profonde. « C'est fini », me dit le docteur Flamant. C'est une déflagration au plus profond de mon être. En une fraction de secondes, mes derniers espoirs s'envolent. L'espoir qu'ils tiendraient le coup, que je les entendrais pleurer, qu'il y aurait un quelconque signe de vie. Peut-être que ce n'est pas moi, en fait, que je suis projetée dans le corps d'une autre, et pas dans celui d'une maman que personne n'appellera ainsi. C'est l'effet des médicaments. Je vais me réveiller de ce cauchemar et me retrouver dans mon lit douillet, chez moi, attendant sagement le neuvième mois. Je ne peux m'y résoudre. Je m'efforce de mettre la main sur mon ventre pour être certaine. Il n'y a plus rien. Plus de mouvements, plus de coups de poignard, plus de petits coups de pied non plus. Aucun signe de vie. Il est vide.

20

Personne, à part moi et le médecin, ne sait que les bébés sont morts. Je voudrais revenir en arrière, quelques jours avant, retrouver la joie de toucher mon ventre arrondi, de porter la vie. Ma bulle de bonheur a explosé. Tout s'est arrêté net, comme s'il y avait un avant et un après. Une blessure s'est créée dans mon cœur. Il s'est fissuré. Je ne serai pas maman. Je ne veux plus entendre ce mot. Dans ma bouche, j'ai encore le goût métallique de la peur. De la peur de ce qu'il va se passer et de la peur de les voir mortes. Le médecin me parle de délivrance. Je m'en moque, ce n'est pas une délivrance, c'est un supplice. Pourvu qu'on en finisse vite. Tout ce qui se rapporte au passé est supprimé, enlevé. Effacé. Plus de bébés. Aucune trace. Je me laisse faire, j'entends sans écouter les paroles des médecins. « … dans une autre salle, on va vous surveiller. » Surveiller quoi ? Je n'en ai plus besoin, à présent. C'est avant qu'il aurait fallu le faire. Autant partir avec elles, puisque tous mes rêves et mes projets sont anéantis. Je n'aurai pas la force d'affronter le monde extérieur, le regard des autres. Je n'ai pas été à la hauteur, je n'ai pas réussi à mener cette grossesse à terme. Elles sont mort-nées – quel vilain mot, d'ailleurs –, certainement par ma faute, puisqu'elles étaient dans mon ventre. Je voudrais m'isoler, m'enfermer avec ma tristesse, rester chez moi, ne voir personne et surtout ne pas avoir à donner d'explications. Mais la vie n'est pas ainsi faite. Je sais très bien que les appels, les messages, vont se multiplier. C'est gentil, mais je n'en veux pas. Laissez-moi avec ma peine. Laissez-moi encore dans cette salle, à l'abri de tout. Et surtout de ces cris de bébés dans le couloir. Ils pénètrent sous ma peau, me brisent le cœur, me rappelant que, moi, je n'ai pas entendu crier. Quand est-ce que cela va s'arrêter, imploré-je en me recroquevillant encore plus et en mettant mes mains sur les oreilles ? Je suis seule, à la dérive. Stella a dû partir prendre son avion. Elle aurait préféré attendre Romain, mais n'a pas pu. De toute façon, la messe était dite. En me quittant, Stella portait les stigmates d'une nuit éprouvante. Je n'ai pas réussi à articuler un mot. Elle a plongé ses yeux dans les miens pour me donner de la force. « Prends soin de toi. » Il me semble que c'est ce qu'elle m'a dit.

Je n'ai plus de notion du temps. Je suis dans une salle, à attendre qu'il y ait une chambre disponible. J'imagine que les autres mamans sont heureuses ou sur le point de l'être. Je suis le cas à part, celle qui n'a pas eu ses bébés. La porte grince. Cette fois, c'est Romain. Je n'ose pas le regarder, j'ai peur de sa réaction. Je l'ai forcément déçu, puisque je n'ai pas réussi à garder les bébés. Il s'avance vers mon lit, s'y assied, effleure ma joue et me prend la tête doucement dans ses mains pour la relever. C'est alors que je m'aperçois que ses yeux bleus sont devenus gris délavés par la tristesse. Les miens sont rougis et gonflés par une nuit sans fin. « Je n'ai pas réussi à les sauver, je suis désolée. » Il me prend doucement dans ses bras, me murmure : « C'est comme ça, il n'y avait rien à faire, ce n'est la faute de personne. Tu aurais pu y rester, tu sais. » Je voudrais lui dire que j'aurais préféré mourir avec elles, mais les mots restent coincés au fond de ma gorge. Je sens les larmes couler le long de mes joues. Moi qui suis toujours si confiante en l'avenir, qui ai besoin de maîtriser les choses, me voici sans défense. Les paroles et l'étreinte de Romain m'apaisent un peu. Je lui demande s'il accepte de voir les bébés. Je sais que ce sera un moment difficile, mais j'en ai besoin. Quelle mère laisserait partir son enfant sans l'avoir embrassé ? Il acquiesce, comme une évidence. Quelques instants plus tard, une sage-femme sœur nous les amène. Elles sont emmaillotées dans un linge blanc. Seules leurs petites mains dépassent. Sœur Marie les tient contre elle. Elles ont les yeux fermés, j'ai l'impression qu'elles dorment l'une contre l'autre. La sœur me dit qu'elles sont apaisées. Je ne sais pas, en tout cas, je ne m'attendais pas à ce qu'elles ressemblent à de vrais bébés. Romain non plus. La seule différence est la peau, diaphane, à travers laquelle on devine leurs petites veines. Mais le sang n'y circule plus. Je les prends dans les bras pour les câliner. Elles sont froides. Comme elles, mon cœur s'est gelé. Elles ne bougent pas, elles ne pleurent pas, ne me regardent pas, sont inertes, mais belles comme des poupées. Je caresse leurs petites joues, Romain aussi. Nous ne sommes que tous les quatre. Comme cela aurait dû être. Cette image qui restera longtemps gravée dans la mémoire. Nous faisons alors comme tous les autres parents du monde, à chercher des ressemblances, sauf que nous ne repartirons pas avec elles. Je me dis qu'au moins elles sont deux, qu'il n'y a pas un bébé tout seul. Je prends leurs petits pieds et leurs petites mains, leur dit quelques mots tendres. Sœur Marie revient. Elle est gentille, douce, patiente. Elle les reprend. Me dit qu'elle va en pendre grand soin. Les bébés vont rejoindre la chambre mortuaire, j'aurais préféré qu'ils restent avec moi. Sœur Marie reviendra plus tard pour nous expliquer les démarches.

— Il faut que vous leur donniez un prénom. C'est primordial, pour accepter le deuil, il faut que vous les reconnaissiez comme de vraies personnes. Il faut ancrer l'existence de ces bébés dans ce monde, sinon vous ne parviendrez pas à faire le deuil.

— Ma sœur, nous avions des idées de prénoms, mais je ne peux pas me résoudre à choisir dans cette liste. Ce n'est pas possible. C'est horrible. Pourquoi est-ce que je ressens les choses ainsi ?

— Parce que vous aviez choisi des prénoms pour des enfants vivants. Et là ce n'est pas le cas. J'ai déjà été confrontée à cette situation. Ce que vous pouvez faire, c'est leur donner des prénoms d'étoiles. Stella, par exemple.

— Oh non, c'est le prénom de ma meilleure amie !

— Oui, bien sûr, un autre, alors. Mais ne faites pas comme si elles ne sont rien. Il y a quelques années, c'est ce qu'il se passait, il y avait une conspiration du silence autour de ces mortinaissances. Les mères accouchaient sous anesthésie générale, les parents étaient isolés, évités par les soignants. L'enfant n'était pas montré. Aujourd'hui, nos équipes sont formées pour vous accompagner. Toutes les preuves d'existence de vos enfants vous permettront d'accepter leur perte. Le choix d'un prénom est une des étapes importantes.

J'écoute religieusement sœur Marie sans vraiment intégrer tout ce qu'elle me dit. Je ne suis pas encore prête à accepter le deuil, elles sont encore ici avec moi. J'irai les voir tout à l'heure. Pourquoi me parle-t-elle de tout ça maintenant ?

— Je sais que vous n'en êtes pas encore à cette étape-là. Vous allez mal, c'est normal. Vous êtes un jeune couple, et il s'agit de la première confrontation avec la mort d'un être proche. Décès et bébé ne vont pas ensemble. Cependant, je vous en conjure, suivez nos recommandations, inscrivez vos enfants dans l'histoire de votre famille.

— Je ne sais pas. Je n'arrive déjà pas à réaliser qu'elles sont mortes. Je ne suis pas en état d'y réfléchir. Et toi, Romain, tu en penses quoi ?

— Suivons le conseil de sœur Marie.

— Croyez-moi, si vous ne faites rien, elles ne seront rien. Ma meilleure amie a vécu la même chose et regrette aujourd'hui certains de ses choix. Je sais très bien que vous devez trouver cela saugrenu, qu'une sœur vienne vous accompagner, mais je ne viens pas en tant que religieuse, je viens en tant que soignante.

Effectivement, la situation est curieuse, j'ai envie de crier à sœur Marie que je ne crois plus en son Dieu qui m'a lâchement abandonnée au moment où j'en avais le plus besoin et que je n'adhère pas non plus à sa métaphore des étoiles, que je veux mes bébés, et que tout le reste me paraît superfétatoire. Mais mon respect pour elle m'empêche de lui avouer tout cela. Et puis je me dis qu'après tout, qui sait, elle a peut-être raison. Elle nous laisse y réfléchir et m'annonce que je vais enfin quitter le service d'accouchement pour le deuxième étage. Je me demande s'il est réservé aux mamans sans bébés. Une fois arrivée, j'en déduis que non, puisque j'entends parler d'allaitement et de biberons. Ceci dit, comment aurait-il pu en être autrement dans une maternité ? Mon téléphone est à nouveau à côté de moi, sur la table roulante. Quand une maman vient d'accoucher, elle se précipite pour annoncer la bonne nouvelle à tous. Moi je le laisse éteint, je ne suis pas prête à recevoir des condoléances. Les infirmières m'administrent un calmant pour que je dorme au moins quelques heures. Je lutte, mais je finis par m'écrouler.

Le lendemain, le réveil est douloureux. Physiquement et moralement. J'aurais tant aimé être comme toutes ces mamans qui ne parviennent pas à dormir de la nuit parce que leurs bébés pleurent. Je ne me serais pas plainte, moi, je me serais levée dix fois si j'avais pu. Je n'ai d'autres choix que d'allumer mon portable pour joindre Romain. Les textos et les messages affluent. Je me résigne. Chaque appel est une souffrance. Expliquer, réexpliquer, ne pas pleurer, être forte. J'ai des visites. Ceux qui auraient dû avoir le rôle de grands-parents. En temps normal, ils viennent voir un nouveau-né, apportent des doudous, des peluches, des cadeaux de naissance. Là ils n'amènent que leur chagrin. J'ai l'impression de devoir les porter à bout de bras, j'aurais préféré porter mes bébés. Les rôles s'inversent. Il est difficile de relever les autres quand on est au plus bas.

Avec Romain, nous décidons de donner des prénoms aux jumelles. Luna et Stella, un hommage et des prénoms d'étoiles, doux, courts et qui riment. Il faut déclarer leur mort à la mairie et aller aux pompes funèbres pour les autres démarches. Forcément, c'est Romain qui s'en charge.

Il choisira les vêtements de leur dernier jour, non de leur premier.

Il choisira leur cercueil, non leur berceau.

Il choisira des médailles de souvenir, non de baptême.

Il choisira l'incinération, non l'inhumation.

Romain ne me raconte presque rien de ces moments. Ce n'est pas dans l'ordre des choses que de décider des rites funéraires pour ses enfants. Je sais qu'il prend sur lui pour ne pas ajouter à ma souffrance. Il fait les choses simplement, à notre image. Il doit beaucoup lui en coûter pour aller pousser la porte des pompes funèbres afin de demander ce qu'il faut faire, de voir les différentes sortes de cercueils, de caler tous les détails des funérailles. Nous ne voulons pas de cérémonie avec toute la famille. C'est vrai, après tout, personne ne connaissait encore ces bébés. Il n'y a que moi et Romain qui partageons quelque chose avec eux. Sœur Marie nous recommande d'aller nous recueillir dans un endroit pendant la crémation. Son amie, qui a assisté à celle de ses enfants, ne s'en est jamais remise et n'a pas pu avoir d'autre enfant.

C'est la dernière fois que je vais voir mes bébés. À la chambre mortuaire. Je passe un long moment avec elles, toute seule, à leur parler, à les bercer, à les pleurer. Elles sont habillées avec les jolies robes blanches que Romain a choisies. Elles sont si mignonnes. Il serait si simple de les faire revivre, là, dans mes bras. J'y pense dans un dernier espoir. Irréalisable, je le sais bien. Je m'accroche à elles. Je prends le temps de mémoriser leur visage, leurs traits si fins, leurs petits membres, leur peau si douce, comme si j'avais peur de les oublier. Romain me rejoint. Nous les embrassons une dernière fois avant de les mettre dans leur dernier berceau. C'est l'heure de la séparation. Nous les déposons ensemble, les mains les unes sur les autres. Dans le même écrin en pin. Elles sont liées. À la vie, à la mort. Elles sont arrivées ensemble et partiront ensemble. Elles ont l'air de dormir, comme la Belle au bois dormant, sauf que, dans mon conte, elles ne se réveillent pas. L'agent funéraire ferme le petit cercueil.

Sœur Marie vient nous remettre les bracelets de naissance et des photos des bébés. Sur le coup, cela me choque. Je ne veux pas de boîte à souvenirs, tout cela n'est pas pour moi. Je les ai portées, et cette partie d'elles ne mourra jamais en moi, je n'ai pas besoin de preuves. Pourtant, les souvenirs se diluent, et sœur Marie le sait bien, c'est pour cela qu'elle insiste, et elle aura raison. En sortant de la clinique, je trébuche sur les cosys des bébés alignés dans le couloir. Les maris, sourire aux lèvres, attendent fièrement leur femme et la prunelle de leurs yeux. J'ai presque honte de repartir à vide. Romain et moi avons simplement nos médailles à la main. Dans le hall, je regarde le mur de la clinique, celui que j'ai vu en entrant, il y a trois jours. Je me dis que c'est finalement le seul endroit où figurera le prénom de mes bébés. Je manque d'air, tout à coup. Je sors. J'ai besoin de respirer.

21

J'ai l'impression d'avoir laissé une partie de moi-même à la clinique. Je suis mécaniquement le pas de Romain, qui me tient la main avec l'impression d'être un pantin articulé, sans émotions. Je n'arrive pas à parler. Romain respecte mon silence, le comprend, ne dit rien. Je regarde par la fenêtre les premiers signes du printemps, recevant un petit coup au cœur quand je vois des poussettes. En arrivant dans le hall de notre immeuble, comme par automatisme, Romain ouvre la boîte aux lettres. C'est la douche froide. Un carton bleu sur lequel est inscrit « kit indispensable pour future maman » rempli d'objets publicitaires de puériculture tombe. Sans aucune hésitation, je le ramasse et le jette dans la poubelle de l'entrée. Romain me laisse faire, interloqué. Et puis il y a quelques petites cartes que je devine être des mots de condoléances. Cette fois, c'est Romain qui les prend, précautionneusement. C'est lui qui les lira et y répondra. J'espère ne croiser aucun de nos voisins. À cette heure-ci, ils doivent normalement tous travailler. Les risques sont donc limités. Sur le seuil de notre porte, nous découvrons une magnifique orchidée sur laquelle est accrochée un petit mot. C'est Hélène. Quelle délicate attention. Cela me rassure, elle sait. Je n'aurais pas besoin de lui annoncer. Je pénètre dans l'appartement en premier et constate que Romain a effacé toute trace de notre passage avec Stella. J'aperçois les livres de grossesse entassés dans un coin et non plus sur le canapé. La confrontation avec la réalité attendra. J'ai besoin de m'allonger. Romain me dit qu'il sort faire des courses. Il prend les choses en main. Je crois qu'il a raison, sinon il ne mangera pas. Moi je ne ressens pas l'envie de déjeuner.

Je suis réveillée par une sonnerie de téléphone. J'entends Romain qui annule le rendez-vous pour signer le bail de notre futur appartement. Nous en avons discuté et nous n'imaginons pas y emménager sans les bébés. C'était un endroit pour nous quatre. Pour l'instant, autant rester là où nous sommes, voir une chambre vide ne ferait que renforcer mon mal-être. De même, il enchaîne avec l'annulation de la poussette double réservée dans le magasin de puériculture. Retour à la case départ. Je décide de le rejoindre dans le salon. Je vois qu'il est en train de répondre aux mots reçus. Je me demande ce qu'il ressent. Ses larmes ont coulé lors de notre dernier adieu, à la mise en bière, mais depuis il semble avoir une force surhumaine, il arrive à faire face aux questions et aux remarques des uns et des autres. J'ai comme l'impression qu'il s'interdit d'avoir droit au chagrin. Ou bien c'est la société qui ne lui reconnaît pas ce droit. Il doit être fort pour soutenir sa femme. Moi je suis comme l'escargot, j'ai besoin de me recroqueviller pour me ressourcer. Romain me force à manger et à m'aérer, je n'ose pas refuser, il prend soin de moi. Je porte toujours mon jean de femme enceinte. Je trouve ça glauque, tout le monde doit penser que je suis enceinte, alors que mon ventre est mou. J'ai tous les effets secondaires du post-accouchement. Difficile à accepter, quand on repart à vide. Demain, c'est la crémation des bébés, au Père-Lachaise. Nous nous rendrons dans l'église de notre quartier. L'heure de la messe est passée, les croyants viennent prier tranquillement. Romain et moi nous installons dans un petit coin, sur deux chaises en bois. Nos quatre mains jointes, la quiétude du lieu nous prend aux tripes. Nous pensons à elles, à la famille que nous aurions formée. Sœur Marie nous a promis qu'elle les accompagnerait jusqu'au bout. Luna et Stella, nos étoiles. À jamais. Quand j'ai annoncé à ma meilleure amie que nous avons donné son prénom à l'une des petites, j'ai un peu angoissé, craignant qu'elle ne le prenne mal. Mais au vu de ce que nous avions traversé ensemble cette nuit-là, elle a finalement été très touchée. Une vibration fait trembler la poche du manteau de Romain. Message de sœur Marie. « Vos bébés ont rejoint les cieux et sont à présent en paix. Pensez à elles et surtout prenez soin de vous deux. Amitiés. » Elles sont parties en fumée, sans laisser de traces. Il n'y aura aucune cendre, a expliqué l'agent funéraire, elles sont trop petites. Leur corps est sublimé, une jolie phrase pour un horrible moment. Reste uniquement le médaillon apposé à leur cercueil.

Une fois le drame passé, chacun retourne à ses préoccupations. Les autres savent maintenant tous les détails et, comme si la mort pouvait être contagieuse, certains essayent de s'en prémunir. Je reste seule, avec le vide et l'absence. Romain retourne travailler. Ma famille s'est donné le mot et ne cesse de m'appeler. « Comment vas-tu ? Que fais-tu ? Ne te laisse pas aller ». Chacun y va de son conseil, dans un mouvement d'infantilisation, voire de rapt du deuil. Cela m'est insupportable. J'ai l'impression qu'ils me signifient que je ne suis pas capable de prendre les bonnes décisions. « Vous êtes jeunes, vous en aurez d'autres. » La pire expression qu'on puisse sortir à une maman qui vient juste de perdre son bébé. Aucun autre enfant ne les remplacera. Après quelques jours à subir les assauts de la famille et des amies, je coupe mon téléphone. Je m'isole. Je me lève, je me recouche, je dis à Romain que je suis sortie, mais ce n'est pas vrai. De toute façon, il ne peut pas vérifier. Je gamberge. J'essaye de trouver pourquoi j'ai été défaillante. Qu'ai-je mangé, qu'ai-je fait, pas fait, pour provoquer leur décès ? Je ne me suis pas arrêtée assez tôt ? Il y a forcément une raison. J'appelle le docteur Flamant, car j'ai besoin d'avoir une réponse. Il faut que je sache. « Rien, vous n'avez rien fait. Il n'y a rien, pas d'infection, finalement, pas d'événement extérieur. C'est comme ça. Vous devez prendre le temps de l'accepter, sinon vous ne parviendrez pas à nouveau à porter la vie. » Mais qui dit que j'en ai encore envie ? Si je ne suis pas coupable, alors qui ? Je passe l'après-midi à réfléchir, à passer en revue tout ce que j'avais fait juste avant le drame. Mon test de sucre qui m'a fait limite vomir. C'est peut-être ça ? Non, c'est ridicule, toutes les mamans le font et ne perdent pas leur bébé. Je sais ! C'est Baptiste, c'est sa faute, il m'a trop stressée. La sonnerie de mon interphone interrompt ma recherche du coupable. Je réponds sans décrocher. Une livraison, c'est sûr, Romain en a souvent. J'ouvre ma porte, attendant que le livreur monte. Sauf que ce n'est pas du tout ce que je croyais. Ben est là, debout devant moi, l'air inquiet. Je l'accueille froidement.

— Qu'est-ce que tu fais là ?

— Je viens prendre de tes nouvelles.

— Tout va bien, comme tu peux voir. Merci. Bonne journée.

Je retourne dans mon appartement et referme la porte sans lui laisser le temps de réagir. Il ne manquait plus que ça, qu'est-ce qu'il lui a pris de venir ? J'aurais dû rallumer mon téléphone. Quelle idiote ! À présent, il tambourine comme un fou. Heureusement, Hélène n'est pas là. Je le sais parce que, tous les matins, elle dépose un petit mot sur mon paillasson avec un plat ou une douceur. Je crois qu'elle attend que je sois prête à venir la voir. Mais pour le moment, je ne suis vraiment pas disposée à voir quelqu'un.

— S'il te plaît, reviens un autre jour.

— Non, je suis là, je reste. S'il faut, je camperai toute la journée sur ton palier.

— Tu n'as rien d'autre à faire ?

— Non, justement, période électorale, c'est calme. Ça tombe bien.

— Pas pour moi.

— Allez, ouvre ou je défonce la porte !

Après dix minutes de supplications, je rends les armes. J'ouvre, mais je compte bien me débarrasser de lui rapidement.

— T'as pas changé.

— Si, justement ! Je suis vide, vide de bébés, vide de sentiments, vide de tout.

— Non, tu as toujours ton sale caractère. Et puis je vois que tu as la grande forme.

— Comment veux-tu qu'il en soit autrement ?

— Ça fait deux semaines que tu ne donnes plus de nouvelles.

Tant que ça ? Je ne m'en étais pas vraiment rendu compte.

— Et alors ?

— Tu ne réponds pas à mes textos, je suis inquiet. Pousse-toi, que j'aille m'asseoir au moins.

— Non, non.

— On ne va pas rester sur le palier. Laisse-moi entrer !

Il force le passage et va jusqu'au salon.

— Put... Camille, qu'est-ce que tu as fait ?

— C'est pas la peine de hurler !

Ahuri, il constate l'état de mon appartement. Des livres de bébés ouverts sur le canapé, des vêtements de grossesse découpés aux ciseaux et éparpillés par terre, des photos de Romain et moi enceinte, à Noël, déchirées.

— Tu t'es lâchée. Pourquoi tu as découpé tes vêtements, tu en auras à nouveau besoin un jour.

— Ah bon, tu es sûr de toi. Moi je ne crois pas que j'en

aurai besoin, je ne suis pas digne d'être maman. Je n'ai pas su garder mes bébés.

— Mais non, tu réessayeras.

— Non, je ne le mérite pas. Je n'y ai pas le droit.

— Arrête de culpabiliser, tu n'avanceras à rien. Qu'a dit le médecin ?

— Que cela pouvait arriver, c'est comme ça.

— Et ton mari, il dit quoi ?

— Rien, justement, rien. Il me laisse dans mon coin, il est reparti travailler.

— Il faut que vous discutiez, que tu parles des bébés.

— Hors de question. Je n'y arrive pas, je n'arrive pas à faire comme si de rien n'était.

— Mais ce n'est pas ce qu'on te demande. Il faut juste que tu sortes, que tu t'aères, que tu voies tes amies, que tu parles avec ton mari. Qu'est-ce qu'il ressent ?

— Si je le savais. Il ne dit rien et il est encore moins présent que d'habitude.

— Déjà, sors. Appelle tes copines, sors demain soir.

— Je n'ai pas envie, je suis bien là.

— Écoute, reprends-toi !

— O.K., O.K.

Je capitule, au moins oralement, car je veux qu'il me lâche, mais je sais pertinemment que je n'appellerai pas les filles et que je resterai bien tranquillement chez moi.

— Ils disent quoi, là-bas, au ministère, sur moi ?

— Rien, tout le monde est triste pour toi, c'est tout.

— Moi je suis sûre que Baptiste doit jubiler— Arrête, tu deviens méchante, là. Pas du tout, il s'inquiète pour toi.

— Alors c'est lui qui t'envoie.

— Mais n'importe quoi. T'es parano. Bon, il faut que j'y aille. Mais promets-moi de répondre quand je t'appelle, dorénavant.

— J'ai bien compris, sinon tu vas débarquer comme une furie.

Il me prend et me serre si fort dans ses bras que j'ai du mal à respirer. Qu'est-ce que je déteste ces effusions. Il le sait, en plus. Enfin tranquille, je vais pouvoir retourner à mes occupations, à savoir me vautrer sur mon canapé. J'ai besoin de me reposer, je le sens. Je n'arrive pas à dormir la nuit. L'image des petites dans leur cercueil vient me hanter chaque soir. Je les vois me tendre les bras, m'appeler pour les sauver. Elles ont peur du noir, comme moi, elles crient « maman », et moi je reste là à les regarder, incapable d'aller vers elles, comme si une force inconnue me retenait. Tout devient flou. Elles disparaissent progressivement. J'ouvre les yeux. Toutes les nuits se passent ainsi, sauf le week-end, quand Romain est là.

Ben a raison, il faut que je mette de l'ordre, sinon, samedi, Romain va me prendre pour une folle. Il faut que j'arrive à redresser la barre, lui y parvient bien. Il retravaille, il revit comme avant. Et moi je reste là à l'écouter me raconter sa semaine sans rien avoir à dire en échange. C'est plus fort que moi, la mélancolie me gagne le matin et ne me quitte plus de la journée. Je repense à tous les petits détails du jour fatidique, à ce que j'ai fait juste avant. Je tourne en boucle depuis plusieurs jours. J'ai même parfois envie de tout casser, tellement je suis en colère contre mon destin, contre Dieu qui n'a rien fait pour moi, contre ce monde qui ne m'autorise pas à être mère. J'ai échoué. Avec Romain, je fais bonne figure, mais j'ai peur qu'il se doute que, le reste de la semaine, je ne vais pas bien. À tel point que je le soupçonne d'avoir envoyé les *Sex & the City girls* en mission. Elles m'appellent à tour de rôle et insistent pour que je sorte avec elles ce soir, vendredi. Romain ne rentre que demain, à croire que tout est manigancé. Sauf que j'ai bien l'intention de rester chez moi toute seule. Mais c'est sans compter sur la ténacité des filles. Vers 20 heures, quatre coups de sonnette brisent ma tranquillité. C'est le signal d'Alice. Je le sais, j'ai l'habitude.

Je ne réponds pas. Des dizaines de textos, des sonneries incessantes me rappellent qu'elles attendent dehors. Elles profitent de l'entrée d'un voisin pour se faufiler dans la cage d'escalier et arrivent sur mon palier. Forcément, là, je n'ai plus le choix, sinon elles vont ameuter tout l'immeuble. Les trois filles en tenue de soirée font irruption chez moi. Elles sont hystériques, bien décidées à m'embarquer dans leur délire. Cela ne servirait à rien de résister, alors je me laisse faire, plus ou moins convaincue. Morgane prend les choses en main.

— Tiens, tu vas troquer ton jean difforme contre cette petite robe noire.

Elle a tout prévu dans son sac, y compris le maquillage.

— Hors de question que tu nous foutes la honte en guenilles, il est temps que tu te reprennes en main, pour toi, pour ton mari, pour nous.

— Je ne vous ai rien demandé. Je reste chez moi, ça me va très bien comme ça.

— Tu sais très bien que tu ne peux pas continuer à rester enfermée. De toute façon, on ne partira pas sans toi. Laisse-nous faire.

— Seulement, j'ai encore un peu de ventre, et mettre un truc sexy, ça ne m'enchante pas du tout.

— N'importe quoi, en plus je l'ai choisie drapée, alors on ne verra rien. C'est dans ta tête, tout ça. Tu ne fais plus aucun effort. Tu n'as pas ressorti tes talons depuis combien de temps, dis-moi ?

— Quelques semaines.

— Et ton mec, il est compréhensif, dis donc !

Ses paroles me touchent en plein cœur. Je me regarde dans le miroir, et le constat est sans appel. Je ne ressemble à rien, les cheveux en bataille, les vêtements trop amples, les yeux cernés, le teint gris. Romain ne m'a pourtant fait aucun reproche. D'ailleurs, en ce moment, il ne dit pas grand-chose. Il subit plus qu'autre chose. Jusqu'à quand sera-t-il patient ? Si je continue comme ça, je cours à la catastrophe. Les filles ont certainement raison. Alors je me laisse faire. J'enfile la robe, les collants ventre plat style *Bridget Jones*. La pulpeuse Morgane me fait des yeux de biche, je ne savais pas qu'elle maquillait si bien. Sophie lisse mes longs cheveux, et Alice me choisit une paire de talons hauts. Après cette séance relooking, j'ai la sensation d'être différente. « On a réussi à faire revivre la femme fatale qui est en toi ! Il n'y a pas que Kate Moss qui est éternelle, tu vois », lâche Sophie. « C'est bon, les filles, ça suffit, elle va nous voler la vedette », s'exclame Morgane en riant. Elles ont relevé leur défi, transformer la femme en perdition qui était en moi. C'est vrai que j'ai plus d'allure ainsi. Direction notre cantine italienne puis le Bus Palladium. Les filles n'ont qu'une idée en tête, s'amuser toute la nuit. Elles se frayent un chemin dans la foule qui se déhanche sur les tubes des années 1980. L'ambiance est plutôt bonne, ce qui contribue à me détendre, tout comme les verres qu'elles ne cessent de me tendre. Nous trinquons à la vie, à l'amitié « une pour toutes, toutes pour une » ! Nous ne résistons pas à l'appel de Cookie Dingler, et évidemment, avec notre chorégraphie endiablée, nous ne passons pas inaperçues. Quatre folles en délire sur la piste de danse. Je me lâche. Sur les cocktails également. Entre deux danses, je fais une pause. À un moment, accoudée au bar, je sens quelqu'un qui m'observe. Je connais cette voix, c'est sûr. Je me retourne un peu violemment et manque de tituber sous l'effet de l'alcool.

— Ah, Baptiste ! Mon cher collègue ! Que fais-tu là ? Je sais, tu m'espionnes.

— Toujours aussi charmante.

— Bien sûr, c'est Ben qui t'envoie. Il voulait tellement que je sorte.

— Il était très inquiet pour toi, tu sais. Mais je vois que tu vas mieux et j'en suis heureux.

— Ouais, tout comme tu devais être heureux aussi que j'aie perdu mes bébés.

— Ça ne va pas, non ! Tu ferais bien d'arrêter de boire.

— Ah, parce que Monsieur sait ce qui est bien pour moi, maintenant.

Les filles viennent juste de me rejoindre au bar.

— Je vous présente Baptiste, le traître.

— Ton fameux collègue de bureau ? reprennent-elles en chœur.

— Je vois que tu m'as fait une bonne réputation. Il n'y a rien à ajouter.

— C'est ça. Tu ne trouves pas que ça te correspond bien ? Tu as quand même récolté tous les lauriers, chef !

— Sache que je serais ravi que tu reviennes au cabinet, car gérer les élus, ce n'est définitivement pas ma tasse de thé.

— Là, tu ne m'étonnes pas vraiment, vu les boulettes que tu as faites. Pour l'instant, je ne me sens pas de revenir. Allez, salut !

Je tire les filles par les bras pour m'éloigner au plus vite de lui. Cette rencontre avec Baptiste me chamboule. Je trouve curieux qu'il ne m'ait pas dit un mot sur ce qui m'est arrivé. Il a fait comme si de rien n'était ou alors il a pitié, je ne sais pas. C'est peut-être cela qui me fait le plus mal. Pour oublier, je me laisse prendre dans le tourbillon de la soirée, je danse, je bois, je danse, je chante, je rie fort, très fort. Je crois que le sol n'est plus très droit. Je finis par quitter la piste et m'affale dans un canapé, sans remarquer Baptiste assis à la table juste derrière.

— Tu ferais bien d'aller te coucher !

— Encore toi, une vraie sangsue, tu ne me quittes plus !

— Disons que, vu ton état j'ai gardé un œil sur toi.

— Tu te prends pour qui ? T'es pas mon mec !

— Il est où, d'ailleurs ?

— Ben, j'en sais rien, peut-être qu'il a trouvé une nana

qui arrive à lui faire un bébé, puisque j'en suis incapable.

— Arrête, ce n'est pas vrai. Cela s'est mal passé. Tu réessayeras.

— Ah çà, non !

— Pourquoi ?

— Je n'ai pas le droit à un autre enfant, je n'avais qu'à être à la hauteur.

— Mais enfin, qui t'as mis ça dans le crâne ?

— Personne. C'est un constat. Toi tu arrives à avoir plein de bébés. Moi je les tue.

— N'importe quoi. Ce sont des choses qui arrivent. Il n'y a rien de génétique. Il n'y a donc aucune raison pour que cela se reproduise.

— Ah, tu es médecin, maintenant ? De toute façon, j'ai pas envie de parler de ça. Allez, viens, on va boire un coup.

— Non, je crois que je vais plutôt te ramener. Où sont tes acolytes ?

— Mes acolytes ou mes alcooliques ?

— Alors là, je crois que tu en tiens une bonne.

— Morgane est partie voir son pompier, Sophie est rentrée car sa fille arrive demain, et Alice est dans le coin, elle a retrouvé un ancien pote du collège. Hors de question que je reparte avec elle, sinon je vais casser son coup.

— Moi, je vais te ramener.

— En grand prince, cela ne m'étonne pas !

— Tu vois qu'il y a des avantages. Allez, lève-toi !

— Oui, chef !

— Arrête tes moqueries, c'est lassant, à la fin.

En me mettant debout, je manque de m'étaler de tout mon long sur le sol glissant, trop imbibé lui aussi d'alcool. Baptiste me retient de justesse.

— Tu sais, je t'en ai voulu d'avoir un bébé, un troisième. Et à ta femme aussi. Toi tu as tout, le job, les bébés. Moi j'ai tout perdu.

— Non, ce n'est pas vrai, il ne tient qu'à toi de réintégrer l'équipe. Ma porte est grande ouverte. Demain, si tu veux. Enfin, non, finalement, peut-être pas demain, vu ton état. Mais songes-y, travailler te fera moins gamberger. Tu t'es enfermée dans ta peine et tu n'arrives pas à en sortir. Tu en deviens aigrie. C'est dommage.

— Je te fais pitié, c'est ça ?

— Non, pas du tout. Je te donne juste un conseil : reviens, ça te fera du bien. Allez, maintenant je te ramène chez toi.

— C'est bon, lâche-moi, je peux quand même tenir debout.

Rien n'est moins sûr. Je suis incapable de mettre un pied devant l'autre, Baptiste est obligé de me soutenir. En sortant, nous croisons Alice en charmante compagnie, mon collègue lui crie qu'il me raccompagne. Ensuite, je crois que je m'endors dans le taxi, j'espère que je ne ronfle pas ou ne bave pas, vu l'état dans lequel je suis. *Ma pauvre fille. Tu es pitoyable.* Je salue Baptiste, qui m'aide à sortir de la voiture, en lui disant que ce n'est pas la peine de venir me border, que je devrais y arriver toute seule. À peine ai-je pénétré dans mon appart que je m'écroule sur mon lit. Je n'ai pas la force de me déshabiller ni de penser. Pour une fois, ce n'est pas plus mal, mon sommeil sera tellement profond que les bébés ne viendront pas hanter ma nuit.

Le lendemain, je me réveille avec un mal de crâne pas possible. La matinée s'annonce dure, mais cela fait longtemps que je ne me suis pas autant amusée. Un bon thé vert détox, dirait Stella, et une petite sieste. D'ici l'arrivée de Romain, je serai à nouveau sur pied. En prenant ma douche, je repense à ma soirée de folie avec les filles, je me dis que j'ai été minable avec Baptiste en lui reprochant d'avoir des enfants. Le croiser a rouvert ma plaie et m'a projetée quelques semaines auparavant, quand tout allait bien dans ma vie professionnelle comme dans ma vie privée. J'ai été forcé de faire un choix, et voilà où j'en suis aujourd'hui : nulle part. Plus de boulot et plus de bébés. À bien y réfléchir, Baptiste a raison, je peux au moins changer la donne sur un point. C'est cela, ma solution, retourner travailler.

22

— Tu as changé quelque chose ?

— Un petit relooking des filles, elles ont débarqué hier et m'ont emmenée en soirée, mais ça tu le sais déjà, je suppose.

Romain répond à mon affirmation par un sourire qui en dit long.

— Je suis soulagé, je voyais que tu t'enfonçais depuis quelques semaines, je te portais à bout de bras, je n'y arrivais plus. Tu n'avais plus le goût à rien, mes blagues ne te faisaient plus rire, ni celle de Ben. Tu survivais.

— Ah bon, moi j'avais l'impression que tu ne ressentais rien. Que j'étais la seule à souffrir. Tu es retourné dans tes garages, et depuis, on n'en parle plus. Fini.

— Déjà, je n'ai pas vraiment eu le choix, je devais reprendre mon activité, mais en plus, si je m'étais effondré, cela aurait été terrible pour toi.

— Mais tu as le droit aussi d'être malheureux, j'ai besoin de le savoir, moi.

— Tu crois que cela a été simple d'aller aux pompes funèbres pour la première fois de ma vie ?

Pour le coup, je ne m'attends pas à cette réponse.

— Non, bien sûr, mais tu ne m'en as rien dit.

Son visage se crispe, son regard devient presque froid et fermé.

— Qu'est-ce que tu voulais que je te dise ? Que j'ai dû choisir, que la dame qui m'a accueilli m'a aidé parce que j'étais perdu. Que dans la pièce à côté, il y avait des parents qui, eux, enterraient leur enfant de 10 ans, mort d'une leucémie. Alors cela m'a fait relativiser, c'est sûr. J'ai encaissé. Te le dire ne t'aurait pas aidé. Sur le moment, on ne voit que sa propre peine, le reste nous importe peu. Parfois, je me sentais un peu seul, mais c'est comme ça, le chemin du deuil est solitaire. Chacun repart avec sa propre peine et ne mentalise pas les choses de la même façon. J'ai compris qu'il fallait que tu ailles mal pendant un certain temps, je souffrais de te voir comme ça, mais c'était une étape nécessaire.

— Je suis désolée, j'ai cru que tu t'en moquais, que tu étais passé à autre chose. Que tu avais oublié.

— Bien sûr que non, je n'oublie pas, et nous n'oublierons jamais, d'ailleurs, la douleur s'estompe, c'est tout.

— Je culpabilise beaucoup aussi, tu sais.

— Oui, j'avais compris. Il faut que tu admettes qu'on ne peut pas tout contrôler. Malheureusement, ça s'est mal passé, mais tu n'y es strictement pour rien. Le médecin te l'a dit. On est un couple solide, sinon on ne serait déjà plus ensemble.

— Dire que j'étais presque en colère, je me disais que tu n'en n'avais plus rien à faire, de nous. J'avais le sentiment qu'on vivait en parallèle, toi avec ton boulot et moi avec mon chagrin. Tu avançais, je stagnais.

— J'ai eu besoin de moins de temps pour m'en remettre. C'est tout. Mais tu penses vraiment que je serais là si je ne croyais pas un minimum en notre couple ?

Je ne sais plus quoi dire. Romain s'approche de moi et me saisit par la taille, enfouit son visage dans mon cou en me serrant fort. Il m'embrasse, m'attrape les hanches, glisse ses mains sous mes vêtements. Je ne réponds plus de rien, je ne pense plus, je désire juste cette étreinte, comme lui. Il s'arrête sur mon ventre meurtri, j'ai un instant de gêne qui disparaît aussitôt, ses caresses me redonnent confiance en moi. Il enlève délicatement mes habits un à un, je déboutonne sa chemise. Nous prenons notre temps comme si nous nous découvrions pour la première fois. J'ai faim de contact, de tendresse et de baisers. Nos regards se croisent, je passe mes doigts dans ses cheveux, je pose mon front contre le sien et ferme les yeux en souriant. Nous tombons sur le canapé et nous aimons sans retenue. Je suis apaisée, notre couple n'est pas mort avec nos petites. Nous restons ensuite longtemps blottis l'un contre l'autre, à discuter, à repenser à cette épreuve. J'annonce à Romain que j'ai décidé de mettre fin à mon congé maternité qui n'en est pas un et de reprendre le travail. Il accueille la nouvelle avec joie et décide d'ouvrir une bouteille pour fêter cela. Au fond de moi, je trinque à ma renaissance, à la nouvelle Camille prête à reprendre sa vie en main.

Le lundi suivant, j'arrive tôt au ministère, en pleine forme. La première chose que je fais avant même d'aller à mon bureau, c'est de me rendre dans celui de Baptiste. Je sais qu'il arrive toujours très en avance, son bébé le réveille encore la nuit, et il n'arrive pas à se rendormir. Comme la plupart d'entre nous ici, le stress ne nous quitte pas.

— Je suis heureux de te revoir parmi nous, Camille.

— Merci. Je veux m'excuser pour vendredi soir.

Il se lève pour fermer la porte, il ne souhaite certainement pas que ses secrétaires sachent qu'il était de sortie, voire qu'il était avec moi.

— T'excuser de quoi ?

— J'étais minable, je t'ai même dit que je détestais tes enfants et ta femme, alors que tu m'as raccompagnée jusque chez moi.

— Ce n'est pas grave, tu n'étais pas dans ton état normal.

— On va dire ça comme ça. Je suis heureuse de revenir, ça va me changer les idées, de me replonger dans le boulot.

— Ah, je te préviens, c'est compliqué, ici, depuis une semaine. L'administration tourne déjà au ralenti, ils savent qu'on va partir et sont plutôt réticents à la tâche. Ils mettent beaucoup de temps à nous fournir des éléments. Chacun est un peu en roue libre. Mais, dis-moi, tu viens bien à la soirée au Muséum, on va clôturer cette législature en beauté ?

— Je ne sais pas, on va me poser plein de questions.

— Non, bien sûr que non. Tu étais à l'origine de ce projet, il faut que tu sois là et que tu voies le résultat. Ça va être grandiose. Je compte sur toi pour les élus. Et puis il faut que tu penses à te recaser. Il faut poser des jalons, c'est ce que nous faisons tous, ici, en ce moment.

— En tout cas, si je comprends bien, je ne risque pas de te retrouver sur mon terrain de jeu, les élus ?

— Non, je me verrais plutôt continuer en tant que chef de cabinet. À voir si la majorité va rester la même ou pas.

Sans vraiment le dire ouvertement, nous enterrons la hache de guerre. Il y a quelques mois, une telle conversation avec Baptiste aurait tourné au pugilat. En politique, il faut savoir ménager sa monture, on finit toujours par retrouver les mêmes personnes, alors se faire des ennemis n'est pas très judicieux. Je sais que Baptiste ne va pas me lâcher tant qu'il n'est pas sûr que je vienne à la soirée. Après m'avoir répété « je compte sur toi pour ce soir » à chaque fois qu'il m'a croisée dans les escaliers, il finit par trouver la parade idéale. Vers 16 heures, je reçois un SMS de sa part : « Nous passerons te prendre avec la voiture ministérielle à 18 h 45. Le ministre compte sur toi. À tout à l'heure. » Bien joué. Là, je n'ai plus d'échappatoire.

À l'heure dite, je les attends en bas de chez moi, parce

qu'il ne serait pas admissible que je sois en retard. Je rentre dans la voiture, saluée par le ministre, « ravi de me retrouver », et par Baptiste, qui me déshabille du regard. Ma petite robe noire fait son effet, merci les copines. Après des semaines de déprime, je me sens à nouveau sexy, à nouveau femme. Assise à côté de Baptiste, je ne peux m'empêcher de triturer mes mains. Il me chuchote de ne pas stresser, que tout va bien se passer. Pour lui oui, pour moi, c'est dur d'aller affronter le monde extérieur, de faire comme si de rien n'était, de repartir comme avant. Quel va être le regard des autres ? Que dire à tous ces gens quand je rentre finalement sans bébé ? Enceinte, j'étais presque devenue un objet public, chacun y allant de son propre conseil, de son anecdote, la plus intime parfois. Et maintenant, ceux-là s'arrogent le droit de tout savoir. Alors, oui, je suis stressée parce que je sais que des inconnus vont se jeter dans mes bras, emplis de pitié, « je suis vraiment désolé pour toi », limite en pleurs, espérant trouver du réconfort. Un comble. D'autres vont faire leur curieux, insister, retourner le couteau dans la plaie, chercher à savoir. Je ne suis plus la même qu'avant. J'espère seulement que ma sensibilité ne va pas me jouer des tours. Que j'aimerais ne pas avoir à donner d'explication.

Avec le ministre et Baptiste, nous débarquons dans les somptueux jardins à la française entourés de flambeaux, avec en toile de fond la galerie de l'Évolution. Il fait doux, en cette fin de printemps. Le décor se suffit à lui-même. Des stands sont dressés, allée Cuvier, avec des chercheurs et scientifiques de tous horizons. Cela discute, cela examine, cela observe, cela cherche dans tous les coins. Nous entendons au loin un air de jazz résonner, un piano à queue est érigé sur une estrade et laisse envoler ses notes le long de cette coulée verte. Baptiste s'empresse de tout vérifier, je l'accompagne. Les premiers invités arrivent, ils sont conviés à voir le clou du spectacle, le mammouth. Le colosse trône fièrement au milieu des armatures métalliques sous la verrière. Des balcons supérieurs, la vue est imprenable. Tout le monde s'extasie, le spectacle est fabuleux. Je salue chaque élu, retrouve le maire de Grenoble, celui de Lyon, de Cambrai, les parlementaires qui ont suivi mes différents projets de loi. Certains ont un petit mot gentil, d'autres n'osent rien dire. Tout se passe pour le mieux. Je suis dans mon élément et finalement heureuse d'être là, jusqu'au moment où une femme que je connais mais que je ne parviens pas à identifier s'approche de moi, enchaînant un flux ininterrompu de paroles.

— Alors, félicitations ! Vous avez accouché à ce que je vois, je n'étais pas au courant, personne ne m'a rien dit. Alors comment ça s'est passé ? Vous étiez à quelle clinique ? Finalement, vous avez des filles, des garçons ou bien le choix du roi ? Oh, ça doit être génial, des jumeaux, les grands-parents doivent être aux anges. Moi, vous savez, je suis grand-mère également d'une petite Capucine. Je suis une mamie très présente. Ma fille a obtenu une place en crèche, mais quand elle sort le soir, elle est bien contente que je garde la petite. À cet âge-là, ils sont trop mignons. Vous me ferez voir des photos demain au ministère, car ce n'est pas le moment. Mais je suis quand même sidérée que vous soyez là ce soir, cela ne doit pas être évident avec deux bébés. Vous ne devez plus avoir de temps pour vous. Entre les dizaines de biberons, les couches, les promenades. Et puis les nuits, vous devez vous réveiller beaucoup. Vous faites comment ? Votre mari vous aide, je suppose. C'est lui qui les garde, d'ailleurs, ce soir ?

Je suis prise de court, tétanisée. Je sens les sanglots monter dans ma gorge. J'ai envie de vomir la réduction que je viens juste d'avaler. Ma respiration s'accélère, je n'arrive pas à prononcer un mot. J'ai les joues en feu. Est-ce de la colère contre cette femme ou l'envie de pleurer sur mon sort ? Je ne sais pas. Elle me fait mal, elle enfonce le couteau dans mon thorax, ma plaie qui était en train de cicatriser se rouvre. Je souffre. Je tourne les talons, je cherche des yeux une sortie pour m'enfuir, mais Ben, qui a assisté à toute la scène se précipite pour me retenir.

— Hep, pas si vite, ma belle ! J'ai entendu ce qu'elle t'a dit, quelle conne, celle-là ! Ne me dis pas qu'elle n'est pas au courant, c'est l'ancienne secrétaire de Baptiste. À croire qu'elle l'a fait exprès.

— Tu vois, je ne voulais pas y aller, à cette soirée, j'avais raison. Je ne le sentais pas. J'aurais dû rester chez moi.

— Il me retient toujours par le bras, mais je tente de me détacher de lui et de m'éloigner. Il revient à la charge, m'obligeant à le regarder.

— Tu ne peux pas fuir à chaque fois. Il faut que tu apprennes à faire face. Tu en auras d'autres, des cons qui te posent des questions, qui cherchent à savoir, qui sont curieux. Le malheur des uns fait le bonheur des autres, c'est bien connu.

— C'est trop tôt, tu comprends, je ne m'y attendais pas.

— Eh bien, prends sur toi. Reste ici, ne pars pas. Tu ne peux pas faire ça au ministre. Il est venu te chercher.

— Oui je sais.

Ce dernier argument a raison de mon départ. Je me mets dans un coin de la salle, écoutant les paroles bienveillantes de mon fidèle ami. Je déglutis, ravale mes sanglots et rebrousse chemin, Ben sur mes talons. Je ne veux pas faire de vague, alors je décide d'aller aux toilettes pour me calmer. Ben sort de sa poche sa touche magique qu'il a toujours sur lui et me la tend, de quoi me décrocher un grand sourire. Décidément, il pense à tout. Quand je reviens, je croise le regard de Baptiste, interrogateur, et je souris pour toute réponse, afin de ne pas éveiller sa curiosité. Il aura vent de mon incident suffisamment tôt. Je l'observe de biais, il est entouré de plusieurs élus, chercheurs, scientifiques, enseignants, il joue son rôle de chef de cabinet, interceptant le ministre à plusieurs reprises afin de lui présenter les personnalités qui veulent le voir. J'entends le ministre dire : « Notez, Baptiste, on se renseignera et on s'occupera de ce problème pour le président du Conseil scientifique. On en référera à Matignon. » Être réactif, tenter de trouver une réponse à chaque requête, ou pour le moins tout mettre en œuvre pour y parvenir. Je me rends compte que mon collègue a réussi à continuer à gérer l'équipe du cabinet tout en jonglant avec l'agenda du ministre et en prenant ce soir la posture d'un conseiller spécial. Il est devenu le maillon indispensable. Chapeau bas, l'artiste ! Moi, de mon côté, j'ai perdu tout rôle, j'apparais en simple soutien et non plus en personnage incontournable. Les élus sont heureux de me voir, viennent discuter avec plaisir, mais ce n'est plus à moi qu'ils s'adressent pour accéder au ministre ou faire passer une information ou une doléance. Mes semaines d'absence ont eu raison de mon influence. Quelques heures plus tard, la soirée touche à sa fin. Baptiste et Ben viennent me rejoindre pour trinquer à notre dernière soirée.

23

Le compte à rebours est lancé, dans dix jours nous connaîtrons le nom du prochain président de la République. Une chose est sûre, nous devons décamper. Tout le monde au cabinet ministériel trie ses papiers, archive les documents plus importants et jette les plus compromettants. Les ministres et les conseillers passent, les fonctionnaires restent. Dans ces conditions, il n'est pas toujours simple, en quelques mois, d'imprimer sa patte. Alors quelle fierté avons-nous ressentie en lisant dans la presse le nom du ministre accolé au texte de loi qu'il soutenait. Le Graal. Ce serait de la fausse modestie de prétendre qu'il n'est pas gratifiant de rejoindre, dans l'opinion publique et dans les livres d'histoire, le nom de ses congénères, associé à des grandes réformes, comme la loi Veil, la loi Évin, la loi Debré. Comment faire pour qu'un patronyme résonne dans la mémoire collective ? Souvent, ce sont les médias qui mènent la danse, mais c'est surtout plus simple quand il s'agit d'un texte marquant. Est-ce du narcissisme politique, un désir d'immortalité ou juste une reconnaissance publique du travail ? Peut-être un savant mélange des trois. Toujours est-il que nous faisons place nette pour nos successeurs avec la satisfaction du devoir accompli. Une belle réforme pour la recherche ponctuée par une superbe soirée en son honneur. Fort de ce bilan,

Monsieur Royer nous reçoit un à un pour nous aider à nous recaser. Nous n'avons pas tous le même traitement, le directeur de cabinet issu de la haute administration des finances réintégrera son poste, ce qui n'est pas le cas pour les contractuels comme Baptiste, Ben et moi, par exemple. Le ministre saute, nous aussi. C'est un métier précaire par définition, et sous tension aussi, personne n'est à l'abri d'une bourde. Ainsi, j'aurais très bien pu ne pas couvrir Baptiste si je l'avais voulu. Je n'ai pas fait ce choix et je ne le regrette pas aujourd'hui. Reste maintenant à assurer mon avenir. Dans quelques jours, je rendrai mon ordinateur, mon téléphone, mon badge d'accès à l'Assemblée nationale et au Sénat. J'ai fait des horaires déments pendant ces quelques années, travaillé sous tension et sacrifié beaucoup de choses, mais cette aventure était grisante. Voir de l'intérieur comment fonctionne le système est une expérience extraordinaire. Il paraît que deux ans en cabinet équivalent à dix ans de toute autre expérience, tellement c'est formateur. Est-ce que cela boostera ma carrière comme tout le monde le dit ici ? Je verrai bien. Pour l'instant, mon cœur balance entre continuer l'aventure ministérielle, partir dans le monde de l'entreprise ou me mettre à mon compte. Reste à voir quelles propositions je recevrai. Assise au sommet de mes cartons empilés, j'observe le Panthéon. Cette vue me manquera. De même, le bouillonnement intellectuel et l'effervescence du cabinet sont une drogue dont je vais avoir du mal à me passer. Une page de ma vie professionnelle se tourne. C'est brutal, mais je le savais en arrivant. Malgré les coups bas, l'équipe a tenu le choc. La tension et le stress ont fini par nous souder. Chacun va maintenant aller de son côté, on se retrouvera peut-être ou pas. La seule chose dont je suis sûre en ce moment, c'est que je retrouverai ma meilleure amie la semaine prochaine. Stella revient vivre à Paris. Revigorée par l'idée de ces retrouvailles, je décide de rentrer à pied pour flâner dans le quartier latin, en ce joli mois de printemps. Je croise des étudiants, des touristes, des amoureux, des parents ou des futurs parents. J'ai toujours un pincement au cœur à la vue d'une poussette ou d'une femme enceinte. D'ailleurs, j'en ai discuté avec Hélène, elle aussi éprouve ce même genre de sentiment, mais pour d'autres raisons. À force, elle dit que cela s'atténue. Finalement, ce n'est rien à côté de ce qui m'attend quelques jours plus tard.

Après une semaine à trier, multiplier les appels téléphoniques et passer des entretiens d'embauche pour un futur job, je suis soulagée d'être en fin de semaine pour pouvoir me poser avec Romain. Pourtant, une chose me préoccupe. Il a convenu de voir son meilleur ami, Chris, et sa femme, Claire. J'ai accepté d'y aller en connaissance de cause, me disant que je serai capable de prendre sur moi. Ce samedi, quand nous arrivons à la brasserie, ils nous attendent déjà. Chris se lève immédiatement pour nous embrasser, alors que sa femme reste assise. Elle est rayonnante. Je prends place à côté d'elle, je la connais très peu. Les minutes s'écoulent, je sirote mon verre tout en discutant avec Claire. Elle me parle de son accouchement imminent, de ses craintes, des achats qu'elle a déjà faits, de sa valise de maternité, de son choix de l'allaitement, de son organisation, une fois le bébé arrivé, de la liste de ses prénoms. Je l'écoute et relance la conversation à plusieurs reprises, puis je me tais. Dans ma tête, cela s'agite. Je sens monter des sentiments que j'ai du mal à contrôler. Voir une autre femme enceinte est véritablement une épreuve. À ce moment-là je revêts mon masque, je ne peux pas lui montrer que je suis triste alors qu'elle est heureuse. Je n'ai pas le droit de lui en vouloir d'être enceinte alors que moi je ne le suis plus. J'essaye de me contrôler tout en répondant mécaniquement à ses questions, en hochant de la tête pour faire mine d'acquiescer, mais mon esprit est ailleurs, parti les retrouver. À un moment, elle met la main sur son ventre. Ce geste très naturel pour une femme enceinte me blesse, sans qu'elle le veuille, évidemment. Moi aussi je le faisais, quelques semaines avant. Maintenant, mon ventre est vide. J'ai tout à coup la nausée. Alors je prétexte d'avoir besoin de m'éclipser quelques instants. Je descends les marches à toute vitesse, m'enferme dans les toilettes pour laisser couler ces larmes que je retiens depuis une heure. C'est plus fort que moi, je m'appuie sur le mur et m'effondre de chagrin. J'entends les gens rentrer et sortir, je monopolise une place, je m'en moque, je ne suis pas prête à sortir, je n'arrive plus à faire semblant. Je ne me rends même pas compte que cela fait un quart d'heure que je suis partie. Puis le silence. J'entends la voix de Romain. Il vient tambouriner à la porte. J'essuie mes joues et je sors me précipiter dans ses bras.

— C'est trop pour moi, je suis désolée, j'ai gâché le moment, mais c'est au-dessus de mes forces.

— Je le sais bien.

— Je pensais que cela me ferait du bien de me confronter à la réalité, à d'autres femmes enceintes, je ne peux pas vivre sous cloche.

— C'est sûr, mais aujourd'hui est une journée particulière.

— Ah, tu t'en souviens ?

— Bien sûr, enfin ! Comment veux-tu que j'oublie que ça devait être le jour du terme ?

— Je ne sais pas, tu n'as rien dit. C'est dur, tu sais. Tu dois penser que je suis jalouse. Oui, c'est vrai, j'aimerais être à sa place.

— C'est normal. Depuis quelques semaines, tu es retournée travailler, tu as encaissé le regard et les remarques des uns et des autres, il fallait bien que tu craques à un moment donné.

— Mais je ne peux pas continuer comme ça.

— Je sais. Viens, je vais t'emmener quelque part.

Il me prend par la main, nous remontons précipitamment. Il fait un signe de loin à son copain, lui indiquant que nous partons. Il l'appellera plus tard. C'est mieux, cela évite des explications. Romain m'entraîne vers le métro. Il ne dit rien du lieu où il souhaite aller. Trop affligée, je ne demande rien non plus.

Arrêt Gambetta.

Romain se dirige au coin de la rue. Il achète un bouquet de pivoines roses qu'il me tend. Il sait que ce sont mes fleurs préférées. « Ça me fait très plaisir, mais on aurait peut-être pu trouver un fleuriste plus près de chez nous. » Pour seule réponse, il me dit de continuer à le suivre. Nous passons sous un grand porche blanc et marchons un peu dans l'allée qui s'ouvre devant nous. Romain semble chercher quelque chose. Soudain, il s'arrête devant une stèle érigée à l'ombre d'un saule pleureur. « C'est le carré des bébés du cimetière du Père-Lachaise, là où les cendres des petites ont été dispersées. Je voulais t'emmener ici pour que tu voies qu'il y a un endroit pour elles. » Les yeux écarquillés, j'observe cette verdure dans laquelle s'épanouit une multitude de petites fleurs colorées. Je me penche pour sentir le sol, être au plus près d'elles, toucher mes étoiles. Je reste longuement puis me relève. Romain me regarde, ses yeux bleus remplis de tendresse. Nous échangeons un baiser profond en nous faisant la promesse de ne pas renoncer. Je suis au bout du chemin, apaisée et prête à me projeter à nouveau. Après être rentrés, tandis que nous sommes tranquillement installés dans le salon, Romain propose de me montrer une dernière chose. Il revient avec une boîte que je reconnais immédiatement. Je n'en avais pas voulu à la maternité. Il l'ouvre. Il y a les dernières échographies, les comptes rendus médicaux, les bracelets de naissance et des photos. Je m'empare de ces dernières. Cette fois, j'ose les regarder. Je les embrasse puis referme la boîte. Un jour, nous agrandirons notre famille.

Mon téléphone vibre. Nouveau texto de Stella. Depuis une semaine, elle m'inonde. J – 7, J – 6, J – 5, J – 4, jusqu'à J – 1. Sur ce dernier, elle me donne rendez-vous le lendemain, sous la tour Eiffel. Cela fait trois mois que nous ne nous sommes pas vues. À chaque fois que je l'ai en ligne, elle est euphorique. « Quand je serai de retour à Paris, nous ferons ci, nous ferons ça, nous irons à telle soirée, à telle exposition. » Elle est au taquet. Comme d'habitude, d'ailleurs. Stella est une tornade à elle toute seule, un cocktail de vitamines qui va me faire le plus grand bien. Le jour dit, je la rejoins sous la Grande Dame. Je la remarque de loin. La crinière de lionne lâchée, le pantalon moulant et la petite veste noire, elle est perchée sur ses talons hauts. Elle est radieuse. Dès qu'elle m'aperçoit, elle me fait des grands signes, et nous nous jetons dans les bras l'une de l'autre.

— Oh, ma chérie, qu'est-ce que je suis heureuse de te voir. New York, c'était bien, mais tu m'as manqué, tu sais. Maintenant, on va pouvoir profiter à fond l'une de l'autre.

— Vu le programme que tu nous as concocté, on ne va pas avoir beaucoup de temps libre.

— Mais si, tu es seule la semaine, et Matt n'arrive que dans trois mois. On va sortir tous les soirs. Enfin, je vais essayer.

— Pourquoi tu dis ça ?

— Il faut que je te dise quelque chose.

— Oui, quoi ? demandé-je, étonnée de cette question qui n'est pas dans le style de Stella, plutôt fougueuse et pas très posée.

— Tu sais, quand je t'ai accompagnée à la maternité, eh bien, cela m'a rappelé de mauvais souvenirs.

— Comment ça ? Je ne comprends pas.

— Il y a quelques années, j'étais très jeune et j'ai avorté.

J'étais seule, je n'avais rien dit à mes parents, qui étaient à l'étranger, ni à mon mec parce que c'était un coup d'un soir, je ne l'ai jamais revu. C'était dur. Alors voilà, quand j'ai vu ce qu'il t'arrivait, j'y ai repensé.

— Oh, je suis tellement désolée, je ne savais pas. C'est pour ça que, par instants, j'avais l'impression que tu comprenais ce que je ressentais. Pourquoi tu ne m'en as jamais parlé ?

— On s'est connues bien après. J'avais 18 ans. J'ai enfoui cette période de ma vie dans un coin de ma tête. J'ai avancé, je me suis reconstruite puis j'ai continué mes études, j'ai multiplié les mecs. Je ne me suis posée que récemment avec Matt. J'ai tiré un trait sur cet épisode. J'avais juste une seule crainte, c'est de ne pas arriver à retomber enceinte, une fois que j'aurais trouvé la bonne personne.

— Qui n'est autre que Matt.

— C'est ça. Et je suis donc enceinte.

Elle n'y est pas allée par quatre chemins. Je m'arrête de marcher, comme pétrifiée par son annonce. J'ai la tête baissée et je la garde ainsi quelques secondes. Ma gorge se noue, mon cœur se serre, mes jambes commencent à flageoler. Le sol se dérobe sous mes pieds. Oh non, mon Dieu, je ne dois pas réagir comme ça. Il faut que je me reprenne très vite. C'est ma meilleure amie, je ne peux être égoïste et gâcher son bonheur parce que moi j'ai vécu un drame. Je me dois d'être heureuse pour elle. Alors je la prends dans mes bras pour cacher mon trouble, le temps de me ressaisir et de lui dire combien je suis ravie pour elle et Matt. Mais elle me connaît par cœur, elle sait que cette joie a un goût amer. Au bout de quelques instants, je me recule et la regarde en souriant avec tendresse et peut-être aussi avec envie. Envie d'être comme elle, à nouveau comme avant, habitée par la vie. Nous aurions pu être enceinte ensemble.

Il fait doux, en ce début de soirée, le Champ-de-Mars est recouvert de Parisiens qui viennent pique-niquer sous le regard ébahi des touristes envieux. Il n'y a plus un mètre carré de gazon libre. Tous attendent en buvant, en mangeant, en se relaxant, en riant. La Dame de fer attire soudainement tous les regards. Des petites étoiles se mettent à étinceler et à l'entourer comme le ferait un écrin précieux pour un bijou. Elle se dresse encore plus forte et imposante, telle une battante, face à la nuit qui tombe doucement sur la Seine. Le spectacle est divin. C'est à ce moment que je relâche mon étreinte, que je prends conscience de mon entourage et de l'importance de mettre ma peine dans un recoin de mon cœur.

Stella s'immobilise, ouvre sa veste, qui dissimule déjà quelques rondeurs. Elle prend ma main et l'approche délicatement de son ventre. « Certaines croyances disent que cela porte bonheur. Alors je veux que ce bonheur te soit réservé à toi, le bonheur d'être à nouveau enceinte », me chuchote-t-elle doucement en levant les yeux vers mon visage inondé mais sur lequel se dessine un frêle sourire. Ses mots me touchent droit au cœur. Je pense à cette mère que j'aurais pu être. Ou à celle que je pourrais être.

Remerciements

À Laurent Bettoni, pour m'avoir accompagnée dans cette jolie aventure. En plus d'être un auteur talentueux et un lecteur avisé, il a été un guide à l'écoute et toujours bienveillant, ce qui m'a permis de garder le cap.

À Antoine, pour son amour et ses encouragements.

À mes enfants, pour leur compréhension et leur soutien.

À ma famille et mes amis fidèles.

À mes premiers lecteurs, sans qui ce roman ne serait rien.

Et à vous qui me lisez.

SUIVEZ-MOI

https://www.instagram.com/nos.vies.plurielles/

Printed in France by Amazon
Brétigny-sur-Orge, FR

20713307R00123